꼬리박각시

꼬리박각시

줄리 에스테브 지음
이해연 옮김

잔

차례

저자 서문

살 냄새와 파리의 냄새가 나는 관능적인 책을 쓰고 싶었다. 현대의 적막한 고독과 분노의 외침이 들리는 책 말이다. 주변인으로 살아가는 망가지고 극단적인 여성의 시선을 통해 도시와 슬픔을 말하고 싶었다.

현재 프랑스는 열 명 중 한 명이 고립된 채 홀로 살아간다. 한국은 어떤가?

이 책에서 한 가지 질문을 던진다. 우리에게 더 이상 아무런 인간관계도 사랑도 없을 때 우리는 무엇이 되는 걸까?

책을 쓰는 동안 조세핀 하트의 문장이 끊임없이 머릿속을 맴돌았다. "상처받은 사람은 위험해요. 그들은 살아남는 법을 아니까요." 《데미지》 중에서

롤라는 파리의 거리를 지치도록 누비는 상처 입은 망령이다. 얼굴에는 화장품과 분노가 덕지덕지하다. 아슬아슬한 미니스커

트 아래 거부할 수 없는 다리를 살랑거린다.

그녀는 한 마리 야수를 닮았고 수수께끼 같은 아름다움을 지녔다. 매혹적이지만 불안정하고 강력하면서도 유약하고 거친 데다 유치하며 난잡하다. 환멸에 찬 그녀는 온갖 일탈을 저지른다. 도덕관념도 무시하며 혼돈을 불러온다. 그녀는 품위나 예의범절 따위 관심조차 없는 여전사이며 복수의 화신이다. 마초 같고 반사회적이며 충동적이고 거칠다. 여성에게 부여되기 마련인 부드러움, 온순함, 어머니의 이미지와는 정반대다. 롤라는 치명적이다.

그녀는 전부를 잃었다. 남은 건 몸뚱이뿐이다. 고통에 길들여진 채 내면의 악마와 극복할 수 없는 슬픔에 사로잡혀 있다. 죽어버린 사랑하는 사람들과 머릿속을 가득 채운 망령들을 되풀이해 마주하며 살아간다.

롤라는 목숨을 유지하기 위해 육체를 먹이로 삼는다. 그녀는 남자를 사냥한다. 누구든 상관없다. 덫을 놓아 잡는다. 남자들은 굴복하고 만다.

그녀에게 성기는 망각의 장소다. 섹스를 통해 고통을 배출하고 기억을 파괴한다. 섹스는 기억을 지워 주는 마약 주사다. 롤라는 관계 후 남자의 손톱을 자르는 행위를 통해 섹스를 하나의 의식으로 만들었다.

왜 손톱일까? 손톱은 썩지 않기 때문이다. 손톱은 죽지 않는다.

그녀의 삶은 제자리를 맴돈다. 유리병 속에 손톱이 쌓인다. 어느 날 남자가 이웃집으로 이사 온다. 그는 세련되다. 눈은 호박색이다. 초콜릿을 만든다. 심장이 터질 것 같다. 롤라는 그를 얼마나 사랑하게 될까?

소설은 부메랑처럼 구성되어 독자들의 머리를 가격할 것이다. 현실과 환상의 경계가 모호한 일종의 동화, 알레고리라고 할까?

강렬한 이미지로 가득하면서도 서늘한 글을 쓰고 싶었다. 기괴한 상황과 자신의 망상에 갇힌 인물들이 충격을 줄 것이다. 나는 또한 불안과 미소가 반쯤 섞인 모호한 문장으로 사랑받고 싶은 우리의 미친 욕망을 표현하고 싶었다.

한국의 독자들이 다양한 장르가 뒤섞인 이 책에 매력을 느끼기 바란다.

줄리 에스테브

꼬리박각시

MORO-SPHINX

일요일

이불이 흘러내린다. 컬러는 미드나이트 블루. 지금은 아침이다. 소재는 이집트면이다. 그는 알몸으로 이 부드러운 천만 덮고 잔다. 눈은 붓고 입은 비뚜름하니 힘없이 벌어져 있다. 그녀는 그를 바라본다. 오직 그를 바라보고 그의 움직임을 살피며, 처음 만난 순간부터 어제 사랑을, 그러니까 섹스를 한 후에 건성으로 뱉은 말까지 빠짐없이 기억한다. 그는 "잘 자요, 내 사랑."이라고 했다. 내 사랑이라니, 식상하긴. 그녀는 닭살 돋는 행동과 '내 사랑' '꼬마야', 그녀로서는 들을 일 없는 '상냥한 사람' 따위의 호칭을 혐오한다. 이런 호칭은 아무런 구속력이 없다고 생각한다.

이제 그는 코를 곤다. 기름진 콧등을 살짝 꼬집는다. 손가락 끝에 기름진 감촉을 느끼며 장난삼아 코끝을 동그랗게 비빈다. 그는 뭐라고 툴툴거리더니 돌아누워 다시 드르렁거린다. 이집트면 이불이 목에서 엉덩이로 흘러내린다. 등살이 드러나면서 씨앗처럼 흩어진 점과 사마귀, 거기서 돋아난 털 두세 가닥이 보인다. 화분의 잡초를 솎아 내듯 이 털들을 싹 뽑아 버리리라.

코 고는 소리를 더는 참아 줄 수가 없다. 이 소음은 끝내 부아를 돋우고야 만다. 그녀의 아버지도 목구멍에 말벌집이 붙어 있는 것처럼 붕붕거렸다. 그를 가만히 흔들거나 주의를 줄 수도 있을 것이다. 하지만 그런 식으로는 문제가 해결되지 않는다. 바로잡을 일은 그뿐이 아닌 터, 말하자면 끝이 없다. 지난번 저녁은 또 어떤가. 그는 그녀의 몸에 손도 안 대고 잠들어 버렸다. 이런 일은 시작은 사소하지만 그 끝엔 기나긴 고통이 기다리기 마련이다. 그녀는 겁이 난다. 머지않아 그녀를 향한 그의 사랑이 일상으로, 아니 타성으로 변질될 것이다. 견딜 수 없는 일이다.

그녀는 소리 지르고 싶은 걸 억누르느라 손으로 입을 틀어막고 주방으로 걸어간다. 후추, 소금, 식초, 다진 허브, 양념 따위를 놓아두는 선반의 검은색 칼꽂이에 세라믹 칼 네 자루가 멍청한 달톤 형제들(les Dalton, 2010~2015년 방영된 프랑스의 TV 애니메이션 시리즈. 영화로도 제작되었다.-옮긴이)처럼 키순으로 나란히 꽂혀 있다. 그녀는 날이 긴 칼을 뽑아 든다. 칼자루에 이탤릭체로 '산도쿠'라고 새겨져 있다. 오른손으로 칼을 단단히 움켜쥔다. 문틈으로 그의 모습이 보이고 불규칙하게 코 고는 소리가 들려온다. 그에게 다가가 침대 옆에 무릎 꿇고 앉는다. 침대 시트가 잔뜩 구겨져 있다. 그를 향해 미소 짓는다. 한없이 다정한 웃음이다. 그의 심장 깊숙이 '산도쿠'를 찔러 넣는다.

금요일

스커트가 허벅지에 꽉 낀다. 늘 그렇듯 스커트 길이가 아슬아슬하다. 스커트의 천이 뒤틀려 있다. 롤라는 언제나 자기 사이즈보다 작은 치수를 고른다. 그녀는 근사한 색깔을 좋아한다. 그 나이에도 선명한 노랑은 태양의 색이고 빨간 페라리는 석류주스 빛깔이라고 생각한다.

거리를 걷는 그녀의 얼굴에 의기양양한 미소가 가득하다. 블라우스가 몸에 착 달라붙는다. 흰색이고 기다란 소매 끝에는 술이 달렸다. 깃은 없고 가슴골이 목 아래부터 젖가슴 사이로 이어진다. 구두굽이 보도를 요란하게 때린다. 그녀는 두 눈에 모든 걸 쏟아부었다. 눈꺼풀이 갖가지 색으로 덮여 있다. 아무렇게나 그린 아이라인 때문에 눈가가 주름 진 것처럼 보인다. 피부는 무른 버터 같다. 립스틱은 입술선보다 바깥쪽으로 칠했다. 그런데 오늘 저녁 어디로 가야 할지 무엇을 해야 할지 모르겠다. 그저 혼란스러운 마음이 이끄는 대로 발걸음을 내딛는다. 롤라는 먼지 앉은 쇼윈도에 비친 자신의 모습을 본다. 주름 속에 감춰진 어린 소녀를.

롤라는 아티스트가의 돌길을 따라 내려간다. 그녀는 14구 몽수리공원 근처 야트막한 언덕에 산다. 밖에서 보면 쾌적하고 매우 조용한 곳이다. 파사드(건물 정면 외벽-옮긴이)가 아름답고 나무와 꽃이 늘어선 원형광장이 있다. 그녀의 집은 '녹지'로 지정된 거리에 자리한 카펫이 깔린 작은 아파트다. 그녀는 자르댕 디수아르(Les Jardins d'Issoire, 이수아르의 정원-옮긴이) 앞을 지난다. 정원이 아니라 술집이다. 상호는 에덴의 정원에서 따왔지만 술집 안에는 만취해서 혀가 꼬인 채 손짓을 해대는 시뻘건 사과들뿐이다. 유리창 너머 흐릿한 형체의 바텐더들은 조는 듯 보인다. 질 나쁜 포도주든 여자든 그들의 눈에 마실 수 없는 건 없다. 창에 비친 롤라의 움직이는 모습이 할리우드 영화의 한 장면 같다. 그녀는 고개를 꼿꼿이 들고 인사를 건넨다.

그녀는 별다른 목적지 없이 느릿느릿 걷는다. 르네코티거리가 나타난다. 밤나무 가지가 얽혀 있고 지나는 개들은 나무 밑동에 오줌을 갈긴다. 멀리 당페르로슈로역에서 들리는 열차 바퀴와 레일의 마찰음이 이가 시큰할 만큼 날카롭다. 광고 기둥에 붙은 포스터를 보고 롤라의 표정이 밝아진다. 모자와 망토 차림의 생쥐가 푸른 잔디와 멀리 보이는 대관람차의 "라 페트 데 로지(La Fête des Loges, 프랑스 이블린주의 생제르맹앙레에 매년 여름 일정 기간 동안 설치되는 놀이공원-옮긴이)"라는 꼬불꼬불한 분홍색 글씨를 보고 엄지손가락을 치켜 올리며 흥분한 표정을 짓는다.

롤라는 걸음을 재촉한다. 목적지가 생겼다. 생제르맹앙레. 그녀는 감자튀김 냄새와 침 냄새를 풍기는 산더미 같은 봉제 인형,

공중으로 날아오르는 놀이 기구, 얼굴이 찌푸려지는 비명 소리 등 곧 사라질 풍경을 광적으로 좋아한다. 초라한 아름다움, 터무니없는 마술 따위를 사랑한다. 그녀는 놀이공원의 노점에서 사람들에게 남은 마지막 재산, 망각을 훔칠 것이다.

생제르맹앙레로 가는 동안 얼굴에 웃음이 가시지 않는다. 해질 무렵 기차를 타고 도착한 놀이공원 앞에서 갈색 머리카락을 뒤로 넘긴다. 들어가고 나오는 인파 속으로 전진한다. 북적대는 사람들은 그녀를 더욱 흥분시키고, 그녀는 하이힐을 딛고 몸을 흔들며 걷는다.

적갈색 머리카락에 귀가 크고 셔츠 단추를 풀어헤친 소년이 그녀와 부딪친다. 열다섯 살, 어쩌면 더 어려 보인다. 덜떨어진 웃음과 자유로운 표정을 보면 지금 이 순간이 소년에게는 처음 경험한 만취 상태일 것이다. 그는 콩파니 크레올(La Compagnie créole, 프랑스의 팝 밴드-옮긴이)의 〈그게 정신건강에 좋지〉의 박자에 맞춰 마리오네트처럼 팔다리를 허우적거린다. 알 수 없는 동작 때문에 휘청하여 롤라의 부드러운 팔을 잡는 바람에 그녀의 입술과 몇 센티미터 거리가 된다. 녀석은 입가에 침을 흘리며 "미안합니다, 부인."이라고 말한 뒤 노랫말을 흥얼거린다. "그게 좋지, 좋아. 그게 좋지, 좋아." 침 몇 방울이 립스틱을 칠갑한 입술에 튀자, 롤라가 혀를 내밀어 순수한 침방울을 마를 새도 없이 낚아채 핥는다. 소년은 한 손은 이마를 짚고 한 손은 배를 움켜쥔 채 어두운 구석으로 달아나더니 시큼한 사탕과 설탕을 듬뿍 뿌린 추로스, 맥주와 값싼 위스키가 뒤섞인 토사물을 쏟아 낸다.

고개를 돌려 술 취한 마리오네트를 쫓던 롤라의 눈길이 공기총 사격장 앞에 서 있는 근육질 남자에게 멈춘다. 그는 종이 콘에 담긴 딸기와 초콜릿 맛 아이스크림을 핥고 있다. 자기 차례가 되면 총을 들고 가슴구멍으로 풍선을 겨누려는 참이다. 풍선은 가로등 불빛에 갇힌 벌레들처럼 케이스 속에서 요동친다. 하이힐 굽이 무른 땅에 박히는 바람에 롤라는 엉금엉금 그에게 다가간다. 그 모습이 수상쩍어 보인다. 그녀는 남자 몰래 그의 목덜미 냄새를 맡는다. 그는 아크릴 셔츠가 상반신에 딱 달라붙을 만큼 땀을 흘리고 있지만 개의치 않는다. 롤라는 엉덩이를 야릇하게 좌우로 흔들며 말을 건다. "어이, 안녕! 잘돼 가요?"

뒤돌아선 사내가 이 낯선 여자를 머리부터 발끝까지 훑어본다. 남자들은 단 몇 초 만에 자기 기준에 따라 같이 잘 만한 여자인지 아닌지 판단하는 소름끼치는 재능이 있다. 세월이 흐르면서 젖가슴의 팽팽함, 피부결이나 엉덩이의 처진 정도에 다소 너그러워지는 남자들도 있다. 그는 롤라가 근사하다고 판단한다.

"저기, 저거 보이시나?" 남자가 손가락으로 사격장의 진열대와 이블린주(Les Yvelines, 프랑스 일드프랑스 지역의 주, 놀이공원이 자리한 생제르맹앙레도 여기에 있다.-옮긴이)를 통틀어 가장 큰 돌고래 인형을 가리킨다. "작년에 저 인형을 차지한 사람이 나란 말씀이야. 그리고 오늘 저녁 상품은 홈시어터용 평면TV야. 저걸 따야 해. 두고 봐. 저건 내 거야!"

"아, 그러셔야지! 난 롤라, 그쪽은?"

"티에리!"

땀 한 방울이 티에리의 관자놀이를 타고 흐른다. 그는 남은 아이스크림을 단숨에 털어 넣는다.

"멋진 이름이네, 토미. 성공하면 유령열차 타고 한바퀴 돌지 않을래?"

"내 이름은 티에리라니까!" 사내가 발끈한다.

롤라는 흥청망청한 술자리에 끼는 걸 좋아한다. 그런 자리에서 먹잇감을 손에 넣곤 한다. 지금 티에리는 손목의 금팔찌와 함께 진짜 바위자고새처럼 육즙이 풍부한 먹잇감의 냄새를 풍긴다. 그가 도약 직전의 개구리처럼 다리를 구부리며 몸을 푸는 동안 롤라는 말보로에 불을 붙인다. 그녀는 하이힐 굽을 땅에 박은 채 적당한 진지함과 격려가 담긴 눈길로 그를 지켜본다. 담배를 입에 물고는 사내가 링에 오르기 직전의 복싱 챔피언이라도 되는 양 어깨를 몇 번 꾹꾹 눌러 주며 외친다. "나가, 자기, 쏘는 거야."

티에리가 앞으로 나간다. 그 순간 영화 《황야의 7인》의 스티브 맥퀸이 된다.

첫 번째 풍선이 터진다. 두 번째 풍선은 산산조각이 난다. 세 번째도 명중이다. 네 번째, 다섯 번째도 마지막 풍선도 그의 총알을 피하지 못한다. 티에리는 총을 내려놓고 오른손을 주먹 쥐어 하늘 높이 쳐든다. "예스! 가장 센 사람이 누구지? 누구냐고? 바로 티티(티에리의 애칭-옮긴이)야!"

첫 판이 15초 만에 끝난다. 도전을 이어 갈지, 도널드 열쇠고리에 만족하고 떠날지, 선택권은 카우보이에게 있다. 당연히 총을 쏘고 풍선을 터뜨릴 것이다. 단 한 발의 총알도 표적을 빗나갈 리 없다. 티에리 주위로 사람들이 모여든다. 다들 그의 쾌거에 놀라움을 금치 못한다. 롤라는 행운을 잡았다. 이 놀이공원의 스타는 티에리고 그는 롤라의 것이다. 잘나가는 기타리스트건 풍선을 쏘는 총잡이건 사람들의 눈길을 끈다는 점에서는 똑같다. 티에리는 불과 몇 분 만에 특별한 사람이 되었다. 폭발적인 인기를 누리는 선망의 대상이 된 것이다. 가정주부들은 눈동자의 광채를 되찾는다. 그들의 눈이 더욱 빛난다. 여자들은 티에리를 훔쳐보고 그에게 사로잡힌다. 덫에 걸린 듯 꼼짝도 못 한다. 질투에 사로잡힌 남편들이 아내의 비위를 맞추며 자리를 벗어나려고 한다.

"나 배고픈데 크레이프라도 먹으러 갈까?"

"기다려요. 지금 저거 보고 있잖아요!"

이런 예우를 받은 만큼 티에리는 질 수 없다. 이 남자 덕분에 열성 팬들은 팬티에 쾌락의 흔적을 남기리라. 놀이공원의 바람잡이가 마이크를 잡고 외쳐 댄다. "놓치지 마세요. 마지막 판입니다! 챔피언을 응원해 주세요!"

총을 움켜쥐고 표적을 겨누는 티에리의 몸짓이 영화의 슬로모션처럼 펼쳐진다. 그의 긴 뒷머리가 견갑골이 시작되는 부분을 부드럽게 스친다. 하나, 둘, 셋, 질끈 눈을 감는다. 그가 획득한 점수는 승리와 여성 팬들의 환호를 맛보기에 충분하다. 평면TV를 쟁취한 것이다. 꼭 끌어안은 종이 상자에는 "그룬딕(GRUNDIG, 독일의 가전제품업체-옮긴이) 19인치"라는 새빨간 글씨가 선명하다. 48센티미터의 행복이다. 그가 얼굴 가득 만족스러운 웃음을 띠며 거추장스러운 상자를 안고 돌아봤을 때 사람들은 이미 흩어지고 없었다. 여자들은 원래의 무미건조한 표정으로, 남편들은 누텔라(Nutella, 빵이나 크레이프에 발라 먹는 초콜릿 맛 크림-옮긴이)를 바른 크레이프를 찾아 돌아갔다. 롤라만 홀로 남아 헌신적으로 박수를 치고 있다. 그녀는 "브라보, 티티!"를 외치며 먹잇감을 회수한다.

"유령열차 타기로 한 약속 잊지 않았죠!" 그녀가 덧붙인다.

줄을 서서 기다리는 동안 롤라는 '승자 티에리'의 무쇠 같은 이두박근에 딱 달라붙는다. 창문에 괴물과 조명이 주렁주렁 매달린 유령의 집 앞은 터져 나오는 비명과 웃음소리로 어지럽다.

"당신 마음에 들어. 진짜 *위너야*." 그녀가 치켜세운다.

티에리는 불룩한 가슴과 팽팽한 근육을 드러낼 뿐 한마디 대꾸도 없이 '네가 그 위너를 가질 거야'라는 의미로 구닥다리 같은 윙크를 날릴 뿐이다.

"두 명이요." 그가 신사답게 10유로를 계산한다.

두 사람은 핏불테리어 머리 모양의 차량에 탄다. 핏불테리어는 초록색 이빨에 혓바닥을 빼물고 가짜 침을 흘려 댄다. 마침내 티에리가 한 손을 롤라의 허벅지에 올려놓는다. 그녀의 다리 사이로 한 줄기 바람이 지나간다. 레일을 따라 달리기 시작한 유령열차는 거미줄과 플라스틱 해골이 가득한 우스꽝스러운 세계로 들어간다. 롤라는 여전히 움직일 줄 모르는 티에리의 손을 잡는다. 그리고 좀 더 위쪽으로 이끈다. 반짝이는 노란 눈들이 어둠 속에서 두 사람을 지켜본다. 그가 손가락을 갖다 댄다. 깊숙이 넣었다가 다시 뺀다. 그녀는 단추를 풀고 빠른 동작으로 그의 물건을 꺼낸다.

"텔레비전 망가지지 않게 조심해!" 그가 소리를 지른다.

좀비가 뛰어나와 두 사람을 기함시키며 롤라의 눈빛에서 입으로 음탕한 짓을 하려는 낌새를 읽는다. 티에리가 성기를 내밀어 그녀의 입가로 가져가자 미지근한 감촉이 느껴진다. 뜨거운 열기를 찾아 입속을 파고든 성기는 천천히 목구멍 깊은 곳까지 들어간다. 그때 낫을 든 자동인형이 나타난다. 낫이 왔다 갔다 기계처럼 움직인다. 롤라도 그 움직임을 따라 한다. 티에리는 사물이 일그러져 보이는 거울을 통해 자신의 인형이 열심히 움직이는 걸 바라본다. 타액이 점점 더 많아진다. 까짓것 흘려 버리면 그만이다. 그는 양손으로 롤라의 얼굴을 밀었다 당겼다 하며 즐긴다. 끝날 때까지. 정확히 3분 후 끝이 난다. *위너*는 쾌락의 작은 죽음에 빠져든다. 괴물들도 그를 깨우지 못한다. 롤라가 소매로 입을 닦자 때마침 핏불이 유령의 집을 나온다.

"대단했어!" 티에리가 평면TV를 품에 안고 허둥지둥 멀어지면서 말한다.

"잠깐!"

"뭐 하려고?"

롤라가 재빨리 인조 가죽 가방에서 손톱깎이를 꺼낸다. 남자의 오른손을 낚아채더니 엄지손톱을 깎는다.

"정신이 나간 거야, 뭐야!"

"그래, 그럴 수도……." 롤라가 비닐봉지에 손톱을 담으며 어느 새 무심해진 말투로 대답하고는 이미 멀어진 티에리에게 작별 인사를 한다.

일요일

낮 12시 30분. 롤라는 늦잠을 잤다. 일요일은 내일이 없는 날이다. 그녀는 기지개를 켜고 피곤한 몸으로 침대를 벗어나 창문에 이마를 갖다 댄다. 파리는 노란색이다. 창밖에는 태양이 강하게 내리쬔다. 아파트의 두툼한 커튼을 통과한 햇빛이 청회색 카펫에 살풍경한 줄무늬를 남긴다.

전날 말보로 레드 한 갑을 다 피운 탓에 목이 따끔거리고 빨갛게 그을린 것 같다. 그녀는 한 손은 목에, 다른 손은 유리창에 대고 스무 살 여자애들과 그들의 다리가 지닌 가능성, 그들 앞에 놓인 삶과 전성기를 생각한다. 처음으로 어색하게 "사랑해."라고 말하는 아이들의 입과 수줍음으로 붉게 물든 얼굴을 떠올린다. 청소년기의 사랑은 가장 순수하고 가장 난폭하다. 롤라는 손톱이 손바닥에 박히는 걸 느낄 만큼 주먹을 세게 쥔다. 바깥에는 사람들의 소음이, 카펫이 깔린 원룸 아파트에는 규칙적인 호흡 소리가 들린다.

멍한 시선으로 에스프레소 한 잔을 만든다. 손가락으론 엉킨 머리카락을 풀려고 애쓴다. 자고 일어나면 따끈한 네스퀵을 앞에 두고 엄마가 해 주던 일이다. 엄마는 검은색 브러시를 쥐고 밤새 털실 뭉치처럼 엉킨 머리카락을 정리해 주었다. 손질이 끝난 후에는 "이제 됐다. 정말 예쁘구나, 우리 딸."이라고 말해 주었다. 그런데 어느 날 아침 검은색 브러시를 쥐어야 할 손이 사라졌다. 남은 것은 네스퀵에서 피어오르던 김과 '초상(初喪)'의 의미를 이해하지 못하는 어린아이의 눈물뿐이었다.

그러고 보니 전에 그 단어를 본 적은 있었다. 라루스는 어려운 단어의 세계에 들어오라고 넌지시 권하는 초대장 같았다. 두툼한 사전은 문 옆 작은 테이블의 전화기 근처에 놓인 두 권의 해 지난 전화번호부 사이에 끼어 있었다. 롤라는 타일 바닥에 주저앉아 가느다란 다리 위에 무거운 사전을 올려놓았다. 책장을 넘기다 'damner'라는 동사가 퍼뜩 눈에 들어왔다. "지옥에 떨어지는 벌을 내리다." 풀이를 읽는 순간 어린 몸에 전율이 일었다. dentier(틀니), descendance(후손), desquamation(박리), dessécher(말리다), dessous(아래), dessus(위), destin(운명), destruction(파괴)……. 그녀의 시선이 단어들을 뛰어다니다 마침내 'deuil'(애도, 초상)에서 멈췄다. 며칠 전부터 어른들이 입이 마르도록 하던 말, 모호하고 수수께끼 같던 바로 그 단어였다.

다시 그 단어를 마주했으니 무슨 비열한 짓을 감추고 있는지 알아야 했다. 그녀는 '초상'이 비열한 것이라고 느꼈다. 손가락이 작은 총이라도 되는 양 집게손가락으로 단어를 겨누었다. 단어의 의미는 하나가 아니라 여섯 개나 되었고, 각 행마다 깨알 같은 글씨가 종이에 길게 늘어서 있었다. 여섯 개의 의미를 모두 파악한 후 그중 하나를 골라내야 했다. 그녀는 열거된 의미 중에서 아주 짧은 문장 하나를 골랐다. Porter le deuil, 상복을 입다(직역하면 '상복을 입다'지만 '상중이다'라는 뜻으로 쓰인다.—옮긴이). 무슨 말인지 알 것 같았다. 그녀는 너무 작은 옷을 입은 자신의 모습을 상상했다. 엄마가 사 준, 그녀가 좋아하는 러플 드레스였다. 그 옷을 입은 자신의 모습이 어린 시절의 결핍처럼 느껴졌다.

그녀는 배가 고프다. 떠돌이 개처럼 배가 고프다. 오후 2시인데다 1리터쯤 들이켠 커피 때문에 더욱 허기가 진다. 담배에 불을 붙여 손가락에 남은 타인의 성기 냄새를 지워 버린다. 첫 연기를 내뿜자마자 목이 칼로 찌르는 것처럼 아프고 심장이 벌떡 일어난다. 욕실로 가서 수도꼭지를 틀고 샤워용 겔을 골라 몸에 바른 뒤 피부가 접히는 부분마다 세게 문지르며 헹궈 내야 할 것이다. 샴푸로 머리를 감아 머리카락을 말리고, 몸을 청결히 하여 장미나 코코넛 향기를 풍기고…… 세상 모든 사람처럼 그렇게 하는 게 좋을 것이다. 그러나 롤라는 담배를 피운다. 니코틴으로 충전한다. 몸단장, 그런 건 내일이나 언제, 하여튼 나중에 하면 된다. 그녀는 검은색 필터 재떨이에 담배꽁초를 비벼 끄면서 양털처럼 뭉친 먼지가 가구 밑과 구석구석에 숨어들고 카펫 털에 들러붙고 흐릿한 잿빛 먼지 더미를 만드는 걸 본다. 먼지도 냄새나 맛이 있을까, 롤라는 궁금하다.

가방을 집어 들고는 비닐봉지에서 이미 이름도 잊어버린 어제 만난 남자의 손톱을 꺼내 유리병에 넣는다. 그리고 유리병을 흔들어 손톱 수백 개가 스노글로브의 눈송이처럼 날리는 모습을 지켜본다. 가만히 자신의 전리품을 바라보고 있으니 위안과 동시에 욕지기가 올라온다. 대체 몇 명의 남자가, 대체 몇 조각이나 되는 그들의 몸이, 작은 찌꺼기가 병 속에 들어 있는 걸까? 남자와 그들의 몸이 얼마나 더 필요한 걸까?

잘하는 게 이것밖에 없구나. 롤라는 그렇게 생각하면서 침대 위에 걸린 거울 속 자기 얼굴을 본다. 눈가에 지난밤 화장의 흔적이 남아 있다. 찡그리는 것처럼 미소를 짓자 파운데이션으로 뒤덮인 피부에 금이 생긴다. 서커스 천막 뒤에서 공연 순서를 기다리는 나이를 알 수 없는 어릿광대 같다. 과장되고 처량한 몸짓으로 사람들에게 웃음을 주는 어릿광대. 거울 속 자신에게 말한다. "참 예쁘기도 하구나."

그녀는 서랍장 맨 아래 칸까지 기어간다. 그 속에 앨범과 음반, 편지, 그림들을 날짜별로 분류하여 정리해 두었다. 롤라는 경찰이 범죄 현장 사진을 칠판에 압정으로 꽂는 것처럼 서랍에서 꺼낸 물건들을 카펫에 펼쳐 놓는다. 날짜와 상관없이 늘어선 사진에서 너는 공원 풀밭에 누워 있고, 너는 바닷가를 달리고, 너는 세련된 정장 차림이고, 너는 드럼을 연주하고, 너는 담배를 피우고, 둘이서 춤을 추고, 둘이서 술잔을 들고, 둘이서 담쟁이덩굴처럼 낡아 빠진 소파에 딱 붙어 있다. 기억이 생생하다. 네가 활동하는 밴드의 기타리스트 집이었다. 그녀는 너의 입술에 손가락을 대고 몇 시간 동안이나 너를 바라본다. 갑자기 네가 정말로 지금 여기, 하얀 담배 연기 속에 있는 것 같다. 네 오른쪽 뺨의 십자가 모양 흉터도, 카바레 쇼걸처럼 속눈썹이 풍성한 눈도, 헝클어진 짙은 색 머리카락도 잊지 않았다. 그리고 함께 있을 때 너와 그녀의 피부도, 두 사람의 피부결과 모양까지 다 기억한다.

그녀는 종이쪽에 휘갈겨 쓴 너의 메모를 다시 읽는다. "네가 너무 깊이 잠들어서 깨우고 싶지 않았어. 저녁에 봐." 그녀는 입 안 가득 담배 맛을 느끼며 기억을 감싸고 있던 껍데기를 벗긴다. 기억을 뒤져서 너의 웃음을 찾을 것이다. 네 웃음을 관 속에 넣었는데 이런, 장난감 상자에 든 용수철 인형처럼 머릿속에서 자꾸만 튀어나온다. 사랑이 떠났는데 웃음소리만 듣고 있다니, 그보다 가슴이 찢어지는 일이 있을까.

롤라는 허공에 대고 웃음을 지어 보지만 입술이 서서히 굳어지더니 일그러지기 시작한다. 분노로 인한 틱 장애다. 불을 지르고 싶다. 지난 과거를 찢어서 던져 버리고 싶다. 쓰레기통, 쓰레기통에! 그렇게 파기하고 잊으면 그만이다. 가위는 책상 위 연필통에 날카로운 날이 위로 향하게 꽂혀 있다. 가위를 집어 들고 뭐든 썰고 자르고 싶다. 그런데 갑자기 뱃속이 뒤틀린다. 경련이 시작되더니 식은땀이 흐른다.

고체 음식을 먹은 게 언제인지 모른다. 반쯤 의식을 잃고 휘청거리다 몸을 구부려 냉장고를 연다. 포장 용기에 든 생고기 패티 두 덩이를 보자 입 안의 침샘이 폭발한다. 정신을 잃고 바닥에 쓰러지기 전에 먹어야 한다. 그녀는 고기를 크게 한 무더기 덜어 내 포크로 짓이기고 소금을 뿌린다. 날고기 그대로 위장이 요구하는 만큼 제대로 씹지도 않고 삼켜 버리자 고기 조각이 둔중하게 식도로 내려간다. 식도를 비우기 위해 물을 마시는 것으로 식사는 끝이 난다. 그녀는 양손으로 아프도록 세게 배를 누른다. 누를 때마다 뱃속에서 아우성치는 소리가 난다. 어깨를 으쓱한 뒤 요란한 트림을 하고 나서야 안정이 된다.

롤라는 침대에 누워 불을 끄고 낡은 뱀 인형을 끌어안는다. 오래전 두툼한 검은색 펠트천과 엄마의 재봉틀로 만든 것이다. 그녀는 모직으로 만든 빨간 혓바닥을 손가락 사이에 말아 쥐고 어둠 속에서 낮은 목소리로 다짐한다. "내일부터는 그만 할 거야."

토요일

그만둘 수가 없다. 밤이 오기를 기다리느라 몸에 녹이 슬 것 같다. 푸른 하늘 따위는 그녀에게 아무 쓸모가 없다. 그녀는 어둠 속에서 짝짓기를 하고 인공 조명 주위를 미친 듯이 맴도는 나방 같다.

오늘은 날이 덥다. 여름이 패악을 부린다. 사람들은 땀을 흘리고 냄새를 풍기고 헐떡거리며 손에 잡히는 건 뭐든 들고 부채질을 해댄다. 태양을 저주하고 필사적으로 그늘을 찾는다. 롤라는 소비에 바쳐진 추한 거리, 제너럴르클레르대로를 걷는다. 상점은 손님들로 넘친다. 신용카드를 긁고 나면 생기 없는 미소와 죄책감 어린 한숨이 뒤따른다.

그녀는 쇼윈도에 눈길도 주지 않는다. 그녀가 유심히 살피는 건 여자들의 엉덩이 아래 게으른 지방이 들어앉은 자리, 희거나 붉은 허벅지에 생긴 셀룰라이트다. 그리고 블라우스 밖으로 삐져나온 뱃살과 늘어진 팔, 엉덩이에 꼭 끼는 반바지, 겨드랑이의 얼룩, 물집 잡힌 발, 번들번들한 얼굴, 입에 문 젤라토 아이스크림이다. 롤라는 사람들의 몸에서 풍기는 숨 막히는 향수 냄새를 맡으며 서로 사랑하는 연인들을 바라본다. 그들은 일부러 밖에서 애무하며 자신들의 사랑을 세상에 과시하는 것 같다. 그녀는 낮은 목소리로 커플에게 사형을 선고한다. "죽어라! 너 그리고 너, 죽을 것이다." 그리고 허리와 엉덩이를 시계추처럼 흔들며 남자들의 시선을 겨냥한다. 남자들은 입술과 젖가슴, 다리 등 같이 잘 만한 여자인지 가늠하기 위한 모든 정보를 그녀와 멀어지기 불과 몇 초 전까지 쉴 새 없이 힐끔거린다. 그러고 나서 품에 안은 여자의 귀에 아무거나 달콤한 말을 속삭인다.

너를, 허리를 껴안은 너의 손을 잊을 수가 없다. 그녀는 얼마나 우쭐댔던가. 젊다는 역겨운 자만심으로 다른 사람들, 애인 없는 사람들을 얼마나 가혹하게 훑어보며 경멸했던가. 이제 다 끝났다, 그까짓 사랑. 곧 해가 질 것이다. 대기가 오염된 장밋빛에 잠긴다. 60분밖에 안 남았다. 걸음을 재촉한다.

그녀는 욕실에서 몸치장을 한다. 타원형 거울 위에 달린 등을 켠다. 피부를 찬찬히 뜯어보다 콧방울을 만져 본다. 오돌토돌 돋은 블랙헤드가 노랗게 곪았다. 세정력이 뛰어나고 뾰루지와 과도한 피지 분비를 '눈에 띄게' 없애 준다는 클렌징 제품을 얼굴에 문지른다. 여드름이 없어진 지 오래지만 이 클렌징 겔은 향기가 좋다. 세수를 끝내고 서랍에서 핑크색 플라스틱 상자를 꺼낸다. 상자 위에는 주둥이 양옆에 세 가닥씩 수염이 나고 이마 오른쪽에 머리핀을 꽂은 고양이 얼굴이 붙어 있다. 어린 소녀들이 좋아하는 전형적인 일본 캐릭터다. 그녀는 기계적으로 아이섀도와 아이펜슬, 마스카라 그리고 피부를 뒤덮을 파운데이션을 꺼낸다. 그리고 아주 예쁘게 화장을 한다. 손에 잡히는 대로 아무 색이나 골라서 속눈썹 라인을 따라 아래부터 보라색, 흰색, 초록색 순서로 칠한다. 입술에는 빨간색, 광대에는 살구색, 딱 엄마 화장품으로 화장하는 어린아이처럼 덕지덕지 바른다.

그녀는 문득 거울 속 자신의 낯선 모습과 맞닥뜨린다. *피에로 콘도그*(미국 시카고의 연쇄살인범 존 웨인 게이시의 예명. 광대 분장을 하고 어린이들을 돌보는 봉사를 하며 서른세 명을 살해했다.-옮긴이). 미국의 가장 악명 높은 연쇄살인범 피에로 콘도그를 생각하며 시카고 근교의 정원에 매장된 서른세 명의 희생자를 떠올린다. 각자 자기만의 방식이 있는 법이니까. 그녀는 생각한다. 그 살인범도 어느 날 없어서는 안 될 소중한 무언가를 잃었음이 분명하다. 롤라는 프랑프리(Franprix, 프랑스의 유통업체 카지노가 운영하는 슈퍼마켓 체인-옮긴이)의 비닐봉지에 부츠와 펌프스를 닥치는 대로 담는다. 그러고 나서 다리 뒤쪽에 세로로 긴 줄이 그려진 베이지색 스타킹, 인디고 블루 스판덱스 스커트, 하얀 블라우스를 입고 발에는 12센티미터 힐을 신는다. 팬티는 입지 않았다.

롤라는 통브이수아르와 알레지아거리가 만나는 모퉁이에 서 있다. 유리창 너머로 그가 구두에 가는 못 네 개를 박고 큰 망치로 두드리는 모습을 지켜본다. 그의 살갗은 자갈 같다. 뺨과 이마는 물론 무성한 수염 사이로 보이는 턱마저도 울퉁불퉁하다. 이 거리의 사람들은 마티유 바넷을 '보주(Les Vosges, 프랑스 동부 로렌 지방의 주-옮긴이)'라고 부른다. 그의 피부가 보주 지역의 울퉁불퉁한 골짜기와 휴화산을 닮았기 때문이다. 그녀를 향해서는 뒤에서 뭐라고 부를까?

롤라는 구두를 들고 정기적으로 그를 찾아온다. 그녀가 가진 30여 켤레 구두는 대부분 하이힐이다. 하이힐은 다른 구두보다 빨리 망가진다는 점에서 어찌 보면 미모와 비슷하고, 그래서 관리가 필요하다. 뾰족한 굽은 통풍구 철망이며 흙바닥, 퐁데자르나 생마르탱운하 다리 같은 목조 인도교의 가는 틈새 등 안 박히는 데가 없다. 돌길하고도 친하지 않은데, 파리에는 그런 길이 여전히 남아 있다. 결국 알맞은 고도를 유지하려면 계속 구두굽을 고쳐 세워야 한다. 하이힐 굽이 만들어 내는 효과와 보도에 부딪칠 때 나는 소리, 그것이 중요하다.

구둣방 문을 열자 종소리가 뎅그렁 울린다. 보통은 암소의 목에서 발견하는 그런 방울이다. 남자 구두의 밑창을 수선하느라 몸을 숙인 남자가 대답한다. "잠깐만요, 곧 갑니다." 롤라가 기대하던 말이다[프랑스어 Je suis à vous tout de suite(곧 가겠습니다)를 직역하면 '이제 곧 나는 당신의 것입니다'라는 의미다.-옮긴이].

계산대에 놓인 선풍기가 회전하면서 간헐적으로 무거운 열기를 덜어 준다. 오래된 천장등의 푸르스름하고 차가운 불빛 아래서 마티유 바넷은 못 하나가 엉뚱한 데로 달아나는 바람에 씩씩

거리고 있다. 롤라를 보자 손에 든 커다란 망치를 내려놓는 얼굴에 바보 같은 웃음이 번진다. 그녀를 볼 때마다 온몸이 그의 염증성 여드름 색깔로 변하고 만다. "어이!" 생뚱맞은 인사를 던지고는 바로 후회한다. 롤라는 짙게 화장한 눈으로 그를 뚫어져라 쳐다본다. 그녀는 기괴한 가면처럼 보이는 그의 얼굴 뒤에 감춰진 욕망과 식인귀의 게걸스러움을 읽는다. 그것이 그녀를 향해 타오르고 있다. 그녀는 그와 자신이 닮았다고 생각한다.

"부츠랑 펌프스를 가져왔어요!" 롤라가 명랑하게 말하며 주의를 환기시킨다.

"그럼, 그럼요, 구두부터 봐야죠." 바넷이 고개를 조아리며 대답한다.

그는 봉지를 쥐고 매듭을 풀어 내용물을 꺼내더니 구두 위로 땀방울을 떨구며 가죽을 세심하게 만져 보고는 가게 안의 많지 않은 빈자리에 쌓아 둔다. 구둣방은 후줄근하다. 롤라는 구닥다리 연장에 둘러싸인 이 덩치 큰 사내가 숫총각처럼 허둥대는 모습을 지켜보며 한쪽 구두굽으로 바닥을 딱딱 소리 나게 찬다. 바넷이 나사못이 가득 든 상자를 어설프게 떨어뜨린다. "제기랄!"

"수선비는 얼마죠?"

"당신이 원하는 대로…… 나의 롤라." 그가 끝말을 은밀히 속삭인다.

"닥쳐요. 안 그러면 가 버릴 테니까." 그녀는 악취가 난다는 듯 얼굴을 찌푸리며 고개를 돌린다.

그러자 보주가 지저분한 바닥에 설치된 문을 들어 올리더니,

가게 문을 닫는 것도 잊은 채 와인 바나 펍에 있을 법한 가파른 계
단을 서둘러 내려간다. 지하실이라 부르기엔 이상하리만큼 깨끗
하고 잘 정돈된 공간이다. 주방은 광택 콘크리트 벽과 몬드리안
식 큐브가 프린트된 카펫으로 꾸몄다. 벽 한가운데 아르테미데
(Artemide, 이탈리아의 세계적인 조명업체-옮긴이) 조명이 달려 있고, 양쪽
에는 커다란 화이트 쿠션 스툴을 거느린 회갈색 침대 겸용 소파
에 냉방 시설까지 갖춰 놓았다. 오른쪽의 움푹 들어간 공간은 욕
실인데, 부채꼴 모양의 저쿠지가 당당하게 놓여 있다. 롤라가 스
툴에 털썩 주저앉자 쿠션이 몸에 착 감긴다. 그녀는 마초처럼 다
리를 쩍 벌리고 허벅지에 팔꿈치를 괸다.

바넷이 홍차를 권한다. 롤라가 좋다고 한다. 그는 스테인리스
스틸 주전자에 물을 따르고 찻물이 끓는 동안 네 번째 손가락으
로 롤라의 스타킹에 그려진 세로줄을 쓸어 올린다. 그녀가 가게
에 들어설 때부터 이미 발기한 터였다. 그녀의 다리를 바라보는
것만으로 절정에 이를 지경이다. 그가 롤라의 다리 위로 몸을 던
지더니 열렬히 키스를 퍼붓는다. 축축한 입술이 촘촘한 스타킹을
뚫고 느껴진다. "이렇게는 싫다고!" 롤라가 구두장이의 가슴팍에
하이힐 굽을 한방 먹이자 그가 옷을 벗고 콘돔을 착용하기 위해
돌아선다. 그의 엉덩이도 얼굴을 닮았다. 추한 엉덩이가 염치없
게도 롤라의 저항할 수 없는 아름다움을 노린다. "얼른 해!"

바넷이 크게 숨을 들이마시자 살 속으로 파고드는 그의 근육
이 느껴진다. 그가 그녀의 몸에 삽입한다. 아랫배 깊숙이 들어간
다. 빈틈이 채워졌으니 고독은 다른 곳에 구멍을 만들 것이다. 롤

라는 비틀거리다 망각의 늪으로 추락해 그 속에서 부유한다. 그녀는 이제 하나의 성기일 뿐이다. 꽉 채워진, 흠뻑 젖은 성기. 다른 사람들이 면도날로 자신을 그을 때 롤라는 다리를 벌린다. 그녀는 그런 식으로 순수한 무언가를 되찾고 이해하게 될 것이다.

주전자가 삐 소리를 내며 곧 넘칠 듯 들썩이고 마침 구두장이도 롤라의 인디고 블루 스커트 속 여행을 끝낸다.

"이런, 벌써 물이 끓었네!" 그가 흥분한 목소리로 말한다.

그는 비틀거리며 일어나서 콘돔을 휴지통에 버리고 얼른 속옷을 입더니 도자기 찻잔 두 개를 낮은 테이블에 올려놓는다.

"어땠어?" 바넷이 다르질링차를 따르며 묻는다.

"완벽했어!" 롤라가 대답한다.

그가 팬티 차림으로 영광스러운 미소를 짓는다. 두 사람은 차를 마시며 세상 이야기를 나누지만 지지부진하다. 그녀는 다시 시작해서 더 많이 망각하고 아예 백지가 되기를 원한다. 이번에는 그녀가 리드한다. "더 세게!" 그는 땀을 흘리며 그녀에게 모든 것을 소진하고 비워 낸다. 이제 바닥에 널브러진 롤라는 초췌하지만 평온한 모습이다. 보주가 그 틈을 타서 일주일 후 금요일의 데이트를 신청한다.

"혹시 조금 더 일찍 올 수 있으면, 이번에는 저녁 같이 할 수 있을까? 토요일은 내가 파리에 없을 거야. 에피날(Epinal, 파리 동쪽 366킬로미터 지점의 모젤강 연안에 위치한 도시-옮긴이)에 가거든. 왜 가는 줄 알아? 여동생을 결혼시킨단 말이야! 음, 내 생각에는 둘이 같이 가면 좋을 것 같은데, 재밌겠지?" 그가 흥분해서 수다스럽게 떠든다.

그를 바라보는 롤라의 눈에는 자갈 같은 이마 아래 애정을 갈구하는 작은 두 눈과 서글프고 추한 얼굴만 보인다. 그녀가 가래처럼 누렇고 끈적끈적한 웃음을 터뜨린다. 그 웃음을 그의 얼굴에 던진다. 그리고 일어나 가방에서 손톱깎이를 꺼내 그의 손톱을 깎으려고 한다. 손톱이 너무 억세서 한 번에 깎이지 않는다. 그녀는 좀처럼 떨어지지 않는 더러운 손톱 끄트머리를 손가락으로 잡고 뽑아 버린다. "아야!" 벙커 안에서 구두장이가 소녀 같은 비명을 지른다. 손끝에서 피가 난다. "금요일에 만나는 거야!"

롤라는 기억을 비워 내 가벼워진 머리로 구둣방을 나온다. 담배에 불을 붙이고 허공에 하얀 구름 같은 연기를 내뿜는다. 바람한 점 없는 밤이라 담배 연기가 곧바로 흩어지지 않는다. 연기는 떠다니면서 공중에 여러 개의 띠를 만든다. 손으로 잡아서 멀리던질 수도 있을 것 같다.

남자가 그녀 쪽으로 걸어온다. 자세한 생김새는 보이지 않지만가볍고 거침없는 몸짓이 눈에 들어온다. 그가 롤라 앞에서 걸음을 멈춘다. 그녀는 그를 자세히 본다. 가로등 불빛에 눈이 부셔 얼굴 없이 머리만 보이는 그가 롤라에게 길을 묻는다. "저리로 가세요. 똑바로 가다가 첫 번째 골목에서 좌회전하면 돼요." 고맙다고말하며 길을 가는 남자는 하얀 가죽 구두를 신었다. 그녀는 멀어지는 그의 모습을 바라본다. 그의 뱀 같은 두 눈이 초록덩굴뱀을 연상시킨다. 그때 길 건너편에서 누군가 손을 흔든다.

"롤라, 롤라!" 술에 취해 길에서 춤을 추는 사람은 모모다. 일주일 전 새 치아와 더불어 삶의 의욕을 되찾은 그는 전보다 스무 살은 젊어 보인다. "잘 지내? 새로운 소식은 없고? 나 좀 봐!" 그가 입을 크게 벌려 롤라에게 새로 해 넣은 이를 보여 준다. "흐흐, 생큐 FDJ(La Francaise des Jeux, 프랑스 복권 운영업체-옮긴이), 생큐 아미고(Amigo, 프랑스의 즉석 로또-옮긴이)! 이제 초콜릿도 먹고 스테이크도 먹고 감자튀김, 사과, 그래, 심지어 사과도 먹는다고. 우습지 않아, 응? 그것들을 전부 다시 먹어 보니 빌어먹을, 얼마나 맛이 좋은지!"

이어서 모모는 슈퍼마켓의 진열대 같은 긴 음식 리스트를 열거한다. 그가 지난 10년간, 어쩌면 그보다 더 오래 유동식만 먹고 살아왔다는 걸 말해 둬야겠다. 물론 그때도 술은 마셨지만 지금은 축하할 일이 있어서 마신 터라 엄연히 다르다. 훨씬 유쾌한 일이다. 이곳에서는 다들 모모를 알고 모모는 모두의 사연을 안다. 사람들은 모모를 만나면 발걸음을 멈춘 채 하루 일과와 일터에서 일어난 일, 자식 걱정, 건강 걱정, 돈 걱정, 마누라를 속이며 바람피운 아무개에 대해 이야기하고, 매일 통행료를 납부하듯 사랑과 외로움을 털어놓는다. 세상에는 비록 이는 없어도 신뢰감을 주는 얼굴이 있고 자신의 마음을 그 안에 털어놓고 싶은 귀가 있다. 모모는 타인의 일상다반사로 가득한 저장고다. 당연히 그 저장고에는 롤라의 이야기도 일부 들어 있다.

"방금 지나간 남자 알아? 올라오면서 마주쳤을 텐데."

"갱스부르(Serge Gainsbourg, 프랑스의 가수 겸 배우-옮긴이)처럼 흰 구두를 신은 남자?"

"그래."

"아니, 못 봤는데. 왜 물어보는데? 그자가 마음에 들어?" 모모는 롤라의 심경을 훤히 꿰뚫어 본다.

"헛소리 집어치워." 롤라가 쏘아붙인다.

자르댕 바 앞 보도에서 몇 사람이 모여 이야기를 나눈다. 남자 하나는 바 입구의 계단에 앉아 있다. 술을 섞은 요구르트에 취하여 정신이 어딘지 모르는 데 가 버리고, 모음과 자음이 제자리를 찾지 못한 채 말끝이 길게 늘어진다. 자르댕 디수아르에 가면 생기 잃은 눈으로 카운터에 팔꿈치를 괴고 앉은 그를 언제든 볼 수 있다.

모모는 트위스트를 추며 그들에게 다가가 엘비스 프레슬리처럼 "오우, 예!"를 외치고 춤을 멈춘다. 롤라에게 자신의 새 송곳니와 어금니를 위해 한잔하자고 권한다. 그녀가 술을 잘 산다는 걸 아는 다른 사람들도 조른다. 그러나 롤라는 자고 싶은 생각만 간절하다.

"나중에요." 그녀가 대답한다.

다들 롤라에게 장난스러운 몸짓으로 절을 하자 계단에 앉은 남자가 한마디 덧붙인다. "또 부아요, 고용주님."

아파트로 돌아와서 옷을 벗고 추잡한 화장도 지웠지만 수치심은 살갗에 붙어 떨어지지 않는다. 그녀는 보주의 손톱을 유리병에 넣는다. 손톱이 얼마나 더 필요한 걸까? 딸이 제 피부를 가지고 한 짓을 보면 엄마의 눈이 뒤집힐 거라고 생각한다. 어린아이가 이불로 만든 오두막에 숨듯 이불 속으로 숨어야겠다. 그녀는 낡은 뱀 인형을 힘껏 끌어안는다. 여기까지는 닿지 못할 거야, 엄마의 눈이.

일요일

어느 일요일, 너는 그녀를 죽였다. 그녀를 허공으로 떠밀었다. "나 떠나." 네가 선언했다. "떠날 거야. 더 이상 네 곁에 있을 수 없어." 다시 한번 못 박았다. 그녀는 왜 떠나느냐고 묻지 않았다. 아무 말도 하지 않았다. 그녀는 배수로에 빠지기도 하고 파리 좌안의 보도를 걷다가 잠시 정신을 잃기도 했다. 에드가키네역에서 몇 미터 떨어진 몽파르나스묘지 근처였다. 너는 그녀를 일으켰지만 다리가 몸을 지탱하지 못했다. 그녀는 짐승처럼 외쳐 대는 정신병원의 여자들 같았다. 20대의 패기가 넘치는 너는 침착한 목소리로 위로했다. "괜찮아질 거야, 롤라. 우리 둘 다 곧 이별의 상처에서 벗어날 거야. 두고 봐." 너는 그녀를 바라보았지만 그녀의 눈은 이미 이 세상 것이 아닌, 세상과 동떨어진 눈빛이었다. 파란 눈은 표백제에 담근 듯 희뿌옇게 변해 버렸다. 너는 두려움을 느끼며 그녀를 집에 데려다 주었다.

르네코티거리를 지나며 너는 팔로 그녀를 감쌌고, 그녀는 네 어깨에 뺨을 꼭 붙였다. 너의 냄새를 맡으며 너의 살내와 남자다

우면서도 아이 같은 매혹적인 향기를 저장했다. 때마침 몽수리공원을 나오는 가족들과 킥보드와 작은 보조 바퀴가 달린 자전거를 타며 소리를 질러 대는 아이들이 보였다. 그녀는 다른 사람들 앞에서 네게 안긴 그 순간이 즐거웠다. 벤치에 앉고 싶었다. 새똥으로 뒤덮였지만 상관없었다. 벤치는 두 사람의 연애사에서 한 부분을 차지하기 때문이다.

시작은 벤치였다. 그들은 대학 근처 공원의 벤치에서 몇 시간을 보냈다. 두 사람 앞에는 뤽상부르공원의 높은 철문이 있었고, 비둘기에게 빵 부스러기를 던져 주는 노파와 석조 테이블에서 탁구를 치는 두 사람과 비슷한 또래의 앳된 청년들이 있었다. 아이들은 공을 차고 비둘기들은 푸드덕거리며 날아올랐다. 비둘기들은 공중에서 잽싸게 한 바퀴 돌고는 다시 노파의 발치로 달려들었다. 그녀의 기억 속 너는 스웨터를 벗어서 로커의 상징인 다이너소어 주니어(Dinosaur Jr., 1984년 결성된 미국의 얼터너티브 록 밴드-옮긴이) 티셔츠를 보여 주었고, 두 사람은 맥주를 마셨다. 몇 시간 동안 이야기를 나눌 만큼 두 사람 사이에는 할 말이 넘쳤다. 이야깃거리가 산더미처럼 많다는 게 신기했다. 몇 달 동안 밤을 새우며 이야기해도 모자랄 것 같았다.

너는 기분이 좋았고 그토록 기분이 좋은 건 처음이라고 했다. 그렇게 말하고 몸을 기울이더니 그녀에게 다가가 서툴게 입을 맞췄다. 순식간에 일어난 일이었다. 너는 그녀를 사랑했다. 파리 한복판에서 두 사람이 얼마나 오랜 시간 그 벤치에 머물렀는지는 모르겠다.

그녀는 너에게 애원했다. 너의 입술과 목에 키스했다. 너는 내버려두었다. 그리고 다시 한번 말했다. "우리는 더 이상 만나지 않는 게 좋겠어. 그 편이 훨씬 나아." 그녀는 너를 설득하려 하지 않았다. 더 이상 할 말이 없었다. 너는 술에 취한 어린 신부처럼 그녀를 안아서 침대에 뉘고 이불을 덮어 주었다. 눈물 때문에 번들거리는 얼굴이 밀랍을 입힌 것 같았다. 그녀는 잠들고 너는 떠났다. 그녀가 한밤중에 잠이 깨어 너에게 전화를 걸었다. 몇 주 동안 메시지를 남겼다. 눈물로 호소하고 둘만의 계획을 고안해 내고 이제부터 달라지기 위해 노력하겠노라 맹세했다. 그러다가 정맥을 긋겠다, 달리는 열차에 뛰어들겠다, 밧줄로 목을 매겠다, 협박했다. 너의 침묵은 그녀를 천천히 익사시켰다.

그녀는 엄마가 필요했다. 엄마에겐 그녀에게 필요한 말과 그녀를 안아 줄 팔 그리고 끝나지 않는 사랑이 있을 것이다. 엄마가 있었다면 심각한 문제는 아무것도 없었을 것이다. 엄마라면 딸의 청소년기를 따뜻한 입맞춤으로 감싸 주고 원피스를 사 주고 함께 미용실에 갔을 것이다. 초콜릿 케이크를 만들어 주고 딸과 함께 이 시시한 남자를 비웃었을 것이다. 그녀가 얼마나 예쁜지, 길고 헝클어진 머리카락까지도 얼마나 아름다운지 거듭 일러 주었을 것이다. 엄마라면 그녀가 마음이 넓으며 꼭 행복해질 테고, 훗날 이토록 눈물을 흘린 자신이 정말 바보였다는 걸 깨닫고는 이 순간을 웃으며 추억할 거라고 말해 주었을 것이다. 엄마는 그녀에게 삶의 이치를 엄마의 장기인 쉬운 말로 설명해 주었을 것이다. 하지만 엄마는 죽었고 삶은 끔찍한 재앙이었다.

롤라는 음식을 먹지 않았고 해골처럼 변했다. 그녀는 앙상한 겨울나무 같았다. 더 이상 무엇에도 누구에게도 속하지 않았다. 침대에 틀어박혀 추억만 지키느라 목숨 같은 건 뒷전이었다. 그녀는 둘로, 셋으로, 마침내는 열 조각으로 해체되었다. 도끼로 팔과 배, 성기, 머리 그리고 나머지 부위까지 다 잘라 버렸다. 아름다움을 사랑에 넘겨 버린 뒤로 추함과 외로움에만 몰두했다. 추함과 외로움은 그녀를 버리지 않았기 때문이다. 그들은 그녀 곁에 꼭 붙어 있었다. 그와 헤어지고 다시는 대학에 가지 않았다. 네가 거기서 웃으며 잘 살아가는 모습을 볼까 봐 두려웠다. 그리움이 악마처럼 지독해서 확실한 죽음을 원했다.

롤라는 장학금을 받지 못하고 돈도 떨어졌다. 아버지에게 도움을 청했지만 아버지는 술독에 빠져 있었다. 그녀는 거리가 무섭고 부랑자가 될까 봐 겁이 났다. 파리는 지독하게 외로운 사람들을 집어삼켰다가 경고장처럼 거리에 다시 토해 놓는다. 그녀는 공연 안내 책자를 만드는 회사에 취직했다. 보수는 적지만 머리를 가릴 지붕을 가질 수 있었다. 방황하다 사라져 버린 머리를.

그녀는 엄마가 절실히 필요했다. 무덤을 생기 있게 꾸미려고 흰 장미를 샀다. "말해, 말하라고!" 그녀는 믿을 수 없었다. 여덟 살에 있을 수 없는 일이었다. 입관할 때도 땅속에 묻을 때도 그녀는 믿지 않았다. 어린 롤라는 꽃을 던졌다. 다른 사람들은 거추장스러울 만큼 품위 있게 꽃을 던졌다. 막판에는 한 다발 가까이 되었다. 롤라는 그 꽃들을, 사람들이 묻어 버린 꽃다발을 간직했다.

차가운 묘석에 기대앉은 롤라의 눈에 손이 망가지지 않도록 장갑을 끼고 땅을 파서 튤립과 아이리스 구근을 심는 엄마가 보였다. 봄과 꿀벌들, 찬란한 햇살 속 엄마의 모습은 믿을 수 없을 만큼 아름다웠다. 엄마는 손수 만든 화단에 몸을 숙이고 〈파란 말 (Les Mots bleus)〉(1974년에 발표한 크리스토프의 노래-옮긴이)을 흥얼거렸다. 음정은 맞지 않았지만 지금 보니 매력적이었다. 엄마는 장갑을 벗고 딸을 끌어안았다. 사람들이 아이에게 하듯 목에 뽀뽀를 퍼부었다. 롤라는 웃겨서가 아니라 너무 생생해서 깔깔대며 웃었다. 엄마는 그녀를 안아 준 뒤 그림 형제의 동화처럼 왕골 바구니를 들고 빵과 우유를 사러 나갔다. 해는 길고 바람은 부드러웠다. 저녁 6시, 7시, 8시가 되었다. 엄마는 돌아오지 않았다. 롤라는 엄마가 삐걱거리는 현관문을 열고 들어오기를 기다렸다. 기다려도 소용없었다. 여덟 살의 우리는 자동차 바퀴 아래 으스러진 엄마를 상상할 수 없다. 그 충격에서 벗어날 수 없다.

빌어먹을 일요일! 롤라는 우리에 갇힌 맹수처럼 집 안을 서성인다. 머리를 못살게 구는 성가신 기억 때문에 빙글빙글 돈다. 짐승이 울부짖듯 고함을 지른다. 몸을 구해서 섹스를 하고 그녀 위에 있는 몸을 느끼고 그녀의 몸을 망각으로 채워야 한다. 구두장이가 떠오른다. 여기서 멀지 않다. 가게 문을 두드리면 되겠지. 좋아. 아니야. 그는 빌어먹을 여동생의 결혼식에 간다고 했잖아! 라디오를 켜고 볼륨을 높인다. 탱고다. 격렬하게 춤을 춘다. 팔을 뻗고 상상 속의 상대와 탱고를 춘다. 침대에 뛰어올라 천장을 보고 눕는다. 바지 속에 손을 집어넣고 메마른 성기를 찾는다. 폐목재를 연마하듯 클리토리스를 힘껏 문지른다. 클리토리스가 부풀어 오르자 손가락을 집어넣는다. 무기력한 쾌락이 찾아오고 가느다란 눈물이 두 뺨에 흘러내린다.

휴대전화가 진동한다. "오후 5시 30분에 칼리송에서 만나는 거 맞죠?" 그들을 깜박했다. 그녀는 담배에 불을 붙이고 담뱃불이 타들어가면서 작은 코일 모양의 재를 남기는 걸 바라본다. 담뱃재가 카펫에 떨어진다. 발로 문질러 봐도 얼룩이 사라지기는커녕 더 커진다.

그녀는 뒤죽박죽인 옷장에서 베이지색 스웨터와 금빛 구두를 꺼낸다. 무난한 빛깔(딸기우유색)의 립스틱을 바르고 아파트를 나선다.

모모는 언제나처럼 자르댕 바 앞 보도에 서 있다.

"안녕, 공주님!" 그는 아미고의 복권 용지를 쥐고 있다.

그녀는 아무 소리도 듣지 못한 채 걸음을 재촉한다. 니콜라와 베로니크 프리프렐린이 16구의 찻집에서 그녀를 기다린다. 그보다 중요한 일은 없다.

그녀는 두 사람을 두 달 전 다티(Darty, 프랑스의 가전제품 유통업체-옮긴이)에서 만났다. 그들은 종교적인 집중력으로 상품을 살펴보며 진열대 사이를 돌아다니고 있었다. 그녀는 그들을 따라 매장을 걸었다. 그리고 두 사람의 대화를 엿들었다. 그들은 자벨수(프랑스의 자벨 지방에서 만든 섬유 표백제-옮긴이)와 중탄산소다에 대해 이야기하고 있었다. 그녀가 눈여겨본 것은 남자의 매니큐어를 바른 하얀 손톱이었다. 당장 자신의 컬렉션에 넣고 싶었다. 순간의 열정이 잠시나마 고통을 달래 줄 것 같았다. 그녀는 그들에게 다가가서 섬세한 손길로 보쉬 진공청소기의 몸체를 쓰다듬었다.

"독일 제품은 우리를 실망시키는 법이 없죠!" 남자가 자신 있는 목소리로 말했다.

"절대 실망하지 않을 거예요!" 여자가 자동차 뒷좌석의 플라스틱 강아지 인형처럼 고개를 끄덕이며 남편의 말에 힘을 실었다.

남편은 청소기의 고성능 필터와 작동 범위, 세워서 보관하는 기능의 중요성에 대해 신이 나서 설명을 늘어놓았다. "반갑습니다, 부인! 청소업체 모두클린 사장 니콜라 프리프렐린입니다!" 그가 악수를 하고 명함을 건네며 덧붙였다. "제 아내 베로니크 프리프렐린……"

"롤 라 예 요. 반 가 워 요." 롤라는 음과 음 사이를 뚝뚝 끊어서 말했다.

세 사람은 미술관 투어를 하는 것처럼 설명을 들으며 매장을 돌았다. 영업 시간이 끝날 때까지 사장은 전문가의 견해를 늘어놓았다. 롤라는 미소를 짓고 엉덩이를 흔들고 두 눈을 깜박였다. 프리프렐린의 말이 끝날 때마다 "오, 그렇군요!"를 외치는 것도 잊지 않았다. 하지만 그는 아무런 관심을 보이지 않았다. 그의 관심사는 무선청소기와 세탁기, 식기세척기였다. 그녀는 그를 놓아주지 않을 작정이었다. 평범하고 하잘것없는 데 몰두하는 취향까지, 그는 완벽했다. 문 닫은 매장 앞에서 그녀는 부부에게 가까운

리퍼블리크광장 근처의 술집에서 한잔하자고 권했다.

그들은 정중하게 거절했다. "감사하지만 저희는 집에 돌아가
할 일이 많아서요."

그렇지만 무슈 깔끔씨는 다른 모든 남자들처럼 유리병 속에 들
어가야 한다.

"아, 정말 유감이네요……. 왜냐하면……." 롤라는 안타깝다는
듯 말했다. "제가 요즘 똑똑한 살림법에 관한 책을 쓰고 있는데,
천연 조리법 같은 것을 다루는 책이죠, 한마디로 살림 비법과 아
이디어 상품을 싣는 거예요. 시간이 되면 책에 대해 이야기할 수
있었을 텐데요. 어쨌든 당신은 전문가 중에서도 전문가니까요!
조금 전 당신 얘기를 들으며 계속 생각했어요. 당신을 모범 사
례로 언급하면 좋을 것 같다고. 이런, 맞아요, 안 될 것 없죠. 지
금 좋은 생각이 떠올랐어요. 책 속에 코너를 하나 만드는 거예
요. 니콜라 프리프렐린의 조언, 아니면 니콜라 프리프렐린의 비
법, 아니면……."

롤라에게는 유다의 키스(배신자 유다가 예수의 얼굴을 모르는 체포대에
게 누가 예수인지 알려 주려고 한 키스. 다정해 보이지만 적의를 가지고 접근하는
걸 의미한다.-옮긴이)를 미처 끝낼 여유도 없었다.

두 사람의 동공이 커지더니 베로니크가 소리쳤다. "굉장하네
요! 니콜라는 최고예요. 바로 당신이 찾는 사람이에요!"

그녀는 팔꿈치로 남편을 쿡쿡 찔렀고, 롤라는 회심의 미소를
지었다.

"매주 일요일마다 만나서 당신이 필요한 내용을 메모하는 거예

요. 근사하네요! 출판사는 어디죠?"(베로니크는 몹시 기뻐했다.)

"앨빈 미셸이요."(롤라는 아무 이름이나 댔다.)

"아, 정말 환상이네요! 우리 서로 말을 편하게 할까요?"

롤라는 베로니크와 공들여 틀어 올린 그녀의 금발머리 그리고 과하게 다듬은 눈썹을 바라보았다. 사탕 상자 같은 집에 틀어박혀 손수 사 모은 잡동사니의 먼지를 털고 나서 우아한 손길로 창문 커튼을 열어젖힌 뒤 지나치게 자유분방하고 더러운 파리를 환멸스러운 눈길로 바라보며 안도의 한숨을 내쉬겠지. 롤라는 낯빛이 칙칙하고 눈빛이 무신경한 남편을 가진 이 열정적이고 나무랄 데 없는 여자에게 연민을 느꼈다.

"그럼요, 말 편하게 해요." 그녀는 승리의 표시로 주먹을 불끈 쥐며 말했다.

칼리송에 들어가기 전 롤라는 손거울을 보며 하나로 묶은 머리가 흐트러지지 않았는지 점검한다. 살짝 삐져나온 머리카락 한 올이 니콜라의 마음을 흔들 수도 있다. 부부는 이미 꽃이 가득한 작은 정원이 보이는 창가 테이블에 앉아 있다. 묵직한 커튼은 두툼한 붉은 양탄자 위에 물결치듯 늘어져 있다. 예의 바른 목소리와 스푼으로 세라믹 찻잔을 젓는 소리뿐 찻집은 조용하다. 흐린 하늘을 통과한 한 줄기 햇빛이 성가신 듯 베로니크는 양산 삼아 한 손을 들고 있다. 두 사람은 팔 네 개와 다리 네 개, 머리 두 개가 달린 덩어리 같다.

"잘 지냈나요, 우리 완벽한 커플께서는?" 롤라가 상어의 미소를 짓는다.

"아, 왔군요! 앉아요. 보여 줄 게 있어요! 베로(베로니크의 애칭-옮긴이)랑 내가 계속 얘기했는데, 이 책은 대박날 거요!" 니콜라는 설탕에 절인 체리에서 떨어진 설탕 가루가 잔뜩 묻은 손가락을 핥으며 말한다.

"아, 그거, 우리 열심히 공부했어요!" 베로니크가 테이블에 떨어진 설탕 가루를 주워 담으며 힘주어 말한다.

물방울무늬 원피스를 입은 베로는 우아하고 기품이 있다. 그녀가 여러 벌의 물방울무늬 드레스 중 하나를 입을 때마다 니콜라는 참지 못하고 말한다. "이거 보라고, 드레스가 온통 얼룩투성이네. 창피하지도 않아!" 이런 시시껄렁한 농담에 그의 아내는 눈물이 날 정도로 웃다가 딸꾹질을 하느라 얼굴을 일그러뜨린다. 결혼하고 5년이 지나자 베로니크는 외부 세계와 차단된 창문이 되었다. 그녀는 세상을 모든 악취와 오물, 추잡한 짓으로부터 정화하려는 듯, 아니 세상 자체를 지워 버리려는 듯 문지르고 광내고 정리하고 물로 씻어 낸다.

롤라의 귀에 프리프렐린 부부가 늘어놓는 바보 같은 소리가 아득하게 들린다. "위생 전쟁을 선포하고 최대한 어린 나이, 어린이집에 다닐 때부터 아이들을 가르쳐야 해요. 그러지 않으면 가망이 없어요! 생각해 봤는데, 서문의 주제를 그걸로 정하는 게 좋을 것 같아요. 너무 중요한 문제거든요. 그 점을 강하게 주장해야 돼요. 이 나라 전체가 실패가 뻔히 보이는 길로 가고 있어요. 텔레비전을 보면 온통 범죄와 테러리즘, 매춘 뉴스뿐이라니까!"

롤라는 바로 그 망할 난잡함과 더러움에 대한 욕구를 느낀다. 니콜라가 네 발로 기어서 그녀의 발가락 사이를 핥는 상상을 한다. 갈구하는 눈길로 코모도왕도마뱀처럼 기어 와 그녀의 가랑이 속에 혀를 밀어 넣는 모습이 보인다. 오므린 발로 니콜라의 종아리를 슬그머니 쓸어내림과 동시에 외마디 소리가 칼리송의 고요한 공기를 뚫는다.

크림색 투피스를 입은 여자가 종업원을 질책한다. "세상에, 정신을 어디다 팔고! 이건 플란넬이라고. 다 망가졌네! 원상 복귀가 불가능해!" 그녀는 텅 빈 찻집의 손님들에게 자신이 입은 피해를 보여 준다. 스커트에 진한 얼룩이 커다랗게 묻었다. 나비넥타이를 졸라맨 열여섯 살쯤 된 종업원이 얼빠진 표정으로 소금 단지를 들고 있다.

니콜라가 의자에서 일어나 종업원을 막으며 스커트로 달려든다. "종이타월! 종이타월을 가져와요! 잠깐 잠깐, 이봐…… 레드 와인 얼룩은 단연코 가장 지우기 힘들단 말씀이야! 어서 종이타월을 가져오라니까!" 그는 종이타월을 쥐고 피가 흐르는 살갗인 양 스커트를 세심하게 두드린다. 그러다 구급대원 같은 목소리로 묻는다. "성함이 어떻게 되시죠, 부인?"

"카트린 보리우." 여자가 기품 있는 태도로 또박또박 대답한다.

"움직이시면 안 됩니다, 카트린. 얼룩이 번지지 않도록 조치를 취하는 중입니다. 지금 부인께 당부할 점은 곧바로 세탁기에 넣으면 안 된다는 겁니다. 얼룩을 영구히 남기는 지름길이거든요. 세탁기에 넣는 순간 부인의 스커트는 회생이 불가능합니다!" 이

번에는 종업원에게 말한다. "소금은 말이지, 이 친구야, 돌팔이들이나 하는 방법이라고! 소금이 얼룩의 일부를 효과적으로 흡수하는 건 맞지만 옷감에 타닌을 고착시킨단 말이야. 소금 말고 화이트 와인을 가져와. 드라이한 걸로!"

니콜라는 보리우 부인 쪽으로 몸을 돌려 투피스에 그로플랑(Grosplant, 프랑스 낭트 지역에서 재배하는 포도 품종-옮긴이) 한 잔을 아주 천천히 붓는다. "진정한 해결책은 카트린, 화이트 와인이랍니다…. 압니다. 효과가 없을 것 같죠, 그렇죠? 그렇지만 보세요. 보세요, 자, 지워졌습니다! 집에 돌아가서 평상시처럼 스커트를 세탁기에 넣으면 됩니다. 세탁기에서 꺼낸 투피스를 보시는 순간……. 기적입니다, 카트린. 이게 기적이 아니고 뭐란 말입니까!"

니콜라는 감사의 말과 약간의 박수 속에서 구조 작전을 끝낸다. 그리고 롤라에게 달려와서 외친다. "이 얘기를 책에 싣는 거예요! 말했잖아요, 대박이라고!" 롤라는 이 살림 전문가의 입술과 뺨 사이에 키스한다. 프리프렐린이 아내 쪽을 보며 곤란한 웃음을 짓지만 그녀는 남편의 곤경을 전혀 눈치 채지 못한다.

집으로 가는 길, 롤라는 8월 말의 서늘한 공기 속을 걷는다. 미라보다리를 건너며 저무는 여름을 바라본다. 힘을 잃은 태양이 에펠탑의 철 지지대에 곤두박질친다. 그녀는 파리의 좌안과 우안 사이에 홀로 서서 담배를 피운다. 파리의 아름다움이 그녀를 아프게 한다. 담배꽁초를 센강에 던지고 하이힐 굽을 아스팔트에 부딪친다. 공허함을 없애려고 걷기 시작한다.

자르댕 바 앞에서 모모에게 억지웃음을 지어 보인다. 모모는 아미고 로또에 하루치 일당을 포함한 거액의 돈을 날렸다. 그는 언제나처럼 카운터에 맥주잔을 올려놓았다. 그녀에게 입 모양으로 '들어와, 들어와, 들어오라니까.' 하며 손짓하는 모습이 공중에 물수제비를 뜨는 것처럼 보인다. 그녀가 고개를 흔들며 사양하자 다시 조르지는 않는다. 그녀가 지금 원하는 건 주말의 영화를 보면서 누텔라 한 통을 비우는 것이다. 더구나 롤라는 그녀가 이야기하기를, 바에 앉아 그녀의 고독을 토해 내기를 바라는 모모에게 진저리가 난다. 그것은 모모 자신의 고독을 잊고 자신의 비참함을 몰아내려는 방편일 뿐이다.

지저분한 유리창 때문에 롤라는 모모와 이야기하는 상대가 하얀 가죽 구두를 신은 남자라는 걸 알아차리지 못한다.

토요일

진작 이사할걸 그랬다. 그의 이웃은 참을 수 없는 사람들이었
다. 고함을 지르고 욕을 해대는 소리가 들렸다. 소음은 저녁 8시
경 시작되어 끝날 줄을 몰랐다. 게다가 주방까지 비좁고 실망스
러웠다. 새 집의 주방은 넓고 편리하며 주방 기기도 메탈로 꾸며
놓았다. 이곳이라면 잘 지낼 수 있으리라. 동네도 조용하고 자동
차도 없고, 아니 거의 없고. 그래, 잘 지낼 수 있을 것이다, 여기라
면. 골치 아픈 일도 없을 것이다. 느낌이 온다.

도브는 푹신한 가죽 안락의자에 앉아 있고 뒤편에 널찍한 거실
창 두 개가 있다. 그는 흡족한 표정으로 자신의 아파트를 바라본
다. 크기는 작아도 모든 물건이 제 자리에 배치되어 있다. 그는 공
간을 꽉 채우지 않아도 사는 데 지장이 없으며 물건이 너무 많으
면 산만할 뿐이라는 사실을 진즉에 터득한 터, 간결하고 질서 있
는 공간을 좋아한다. 고개를 돌려 창밖을 바라본다. 이따금 파리
는 바다에서 하늘을 훔쳐 온다. 덕분에 눈으로나마 여행하는 기
분이 든다. 그는 흰색 구두의 끈을 졸라매고 방 세 개짜리 아파트

의 문을 닫는다. 재킷 주머니에 손을 넣고 몽수리공원으로 향한다. 공원은 조용하다. 노인 몇이 자신처럼 늙은 개를 데리고 오솔길을 산책한다.

갑자기 찾아온 가을은 나뭇잎을 건조시키고 그 안에 색을 심느라 분주하다. 도브는 축축하고 푹신한 부식토 카펫을 걷는다. 흙냄새가 입 안에 다크 초콜릿과 피스타치오, 라임 맛을 불러일으킨다. 자줏빛으로 물든 나무 아래를 지나며 자연이 죽어 가는 모습을, 금빛과 진홍빛 색채 속에 스스로 목숨을 거두는 광경을 지켜본다. 장관이다. 수업 종소리가 학교 운동장에서 놀던 아이들의 즐거움을 깨며 탄식을 유발하듯, 때마침 관리인의 호각 소리가 장관을 망친다. 공원을 산책하던 사람들은 느릿느릿 철문으로 나가고, 도브는 맥주 한잔이 간절해진다.

그는 지하실 냄새가 나는 자르댕 바로 들어가서 모모의 앙상한 어깨를 툭 친다. 모모는 조금 전 주사위 노름에서 돈을 잃었다. 그가 하이네켄 두 잔을 주문한다. 두 남자는 카운터에 기대 뒷모습을 보이고 서서 건배한다. 자르댕 바는 서민적이고 지저분해서 그의 취향이 아니지만, 옛 파리의 매력과 르노(Renaud Séchan, 프랑스의 가수. 사회를 비판하는 노래를 불렀다.-옮긴이)의 노래가 있다. 거리의 분위기도 무기력하면서 반항적이다. "여기는 오래 머물고 싶어지는 시골 같은 구석이 있어." 도브는 그렇게 말하면서 남들처럼 모모의 귀에 자기 삶의 일부를 털어놓는다.

제시가 그를 떠났다(제시가 열아홉 살이라는 것까지는 밝히지 않는다). 어느 날 갑자기. 누군가를 닮은 자 때문이었다. 미셸 폴나레프(De

Michel Polnareff, 남자 가수-옮긴이), 아니 엘리 소라키(Elie Chouraqui, 영화감독-옮긴이)였던가, 이제는 기억도 가물거린다. 그는 기분 전환을 위해 상황에 맞는 전략을 쓸 수밖에 없었다. 제시는 나쁜 년이다. 그걸로 끝. 그는 지체 없이 다리가 엄청나게 긴 크레이지 호스(Crazy Horse, 파리의 유명 카바레-옮긴이)의 댄서와 입을 크게 벌리고 웃는 플로리스트를 만났다. 그러고는 *바이, 바이, 제시.* 그는 모모의 잔에 자기 잔을 부딪친다.

도브는 불행해지지 않을 자신이 있다. 그럴 일은 드물다. 아니, 그럴 기미조차 없다. 그는 피부를 사막처럼 만드는 슬픔이 존재한다는 걸 믿지 않는다. 그런 슬픔은 알지도 못하거니와 겪어 본 적도 없다. 그는 불행이 면제된 소수로만 구성된 클럽의 멤버다. 그에게선 아무것도 잃어 본 적이 없는, 그래서 의외로 인간미가 다소 결여된 사람들에게서 보이는 무사태평한 분위기가 배어난다. 세상의 고통을 곁눈질할 뿐이다.

물론 질병과 가난, 전쟁 그리고 9월 어느 날 박살난 고층 빌딩들과 잔해, 남겨진 외상, 그로 말미암은 분노, 강대국과 미치광이들 사이의 가망 없는 폭력을 모르지 않는다. 알고 있다. 아는데 그래서 어쩌라고? 그의 뇌에서 일종의 메커니즘이 되었을 뿐이다. 본다, 뇌의 저장고 한구석 되도록 하단에 저장한다, 그리고 어! 뭐야, 끝났네! 그런 문제는 머리를 건드릴 뿐 마음은 아니다. 사람들의 고통으로 마음 상하는 일은 없다. 다만 컴퓨터의 하드디스크를 정리하듯 마음을 정리하고 슬픈 영화나 멜로 영화를 보며 눈물을 흘리기도 한다. 현실이 아니라 허구를 보며 우는 것이다.

그는 철학자들이 말하는 쾌락주의자다.

도브가 초콜릿 탐닉을 고백하는 동안 모모는 잔을 비운다. 카운터에 선 그의 입에 침이 고인다. 그는 초콜릿 브라우니, 송로버섯, 에클레르, 초콜릿 칩, 마카롱, 비스킷 같은 단어에 군침을 흘린다. 지금은 이가 있으니 입으로 맛볼 수 있는 쾌락을 맘껏 즐길 거라는 기대에 부푼다. 도브가 술값을 계산하고 자르댕 바를 나오는데 마침 롤라가 안으로 들어온다. 두 사람의 몸이 부딪친다. 배와 배가. 그녀가 흰 구두를 알아보고 고개를 든 순간 지난밤에는 보이지 않았던 그의 얼굴이 눈앞에 있다.

호박색. 그의 눈은 순종 고양이의 눈처럼 호박색이다. 롤라는 한 줄기 차가운 바람이 피부를 통과하며 말벌이 귓가를 스치거나 흥분할 때처럼 느닷없이 소름이 돋는 걸 느낀다. 그를 밀어내며 말한다. "조심성이 없네요." 그러나 목소리는 부드럽다.

"아, 롤라, 이쪽은 도브. 얼마 전에 너랑 같은 건물로 이사했어. 두 사람이 서로 마주친 적 없어?" 모모가 두 사람 사이에 끼어든다.

그녀는 아무 대답 없이 바 스툴에 앉아 리카(Ricard, 술 이름. 아니스가 주재료인 파스티스의 일종-옮긴이) 한 잔을 주문한다. 뒤를 돌아보고 싶은 마음이 든다. 눈을 크게 뜨고 태양을 정면으로 바라보며 그와 맞설 수 있을지 끝내 시험하고 싶은 유혹을 느낀다.

"괜찮아요." 도브가 그녀의 외모와 원피스, 뒤로 젖힌 허리, 꼰 다리, 스툴 다리에 걸친 하이힐 굽을 하나하나 뜯어보며 말한다. 평상시라면 제정신이 아닌 맛이 간 여자라고 생각했을 것이다.

그러나 도드라진 광대뼈와 목탄으로 그린 듯한 눈썹, 짙게 화장한 광기 어린 눈을 보고 말았다. 조금 전 몸이 스쳤을 때 그녀의 머리카락은 마치 살아 움직이는 독사 같았다. 그리고 바로 다음 순간 짙은 붉은색 립스틱을 라인이 살짝 번지게 그린 그녀의 커다란 입술과 사랑에 빠졌다. 매력 포인트는 윗입술의 오른쪽 가장자리에 박힌 점이었다. 그 점이 거만한 인상을 주었다. 그녀는 호퍼의 그림 속에서 방황하는 신비하고 우수 어린 여자들을 닮았다. 그는 이마가 시작되는 부분에 작은 상처처럼 파인 두 줄기 주름도 주의 깊게 보았는데 마치 근심을 드러내는 것 같았다. 그녀에게서 젊음과 퇴폐의 단단한 결합, 피부를 주름지게 하는 고통이 느껴졌다. 그녀의 몸에서는 호르몬을 자극하는 강렬한 냄새와 값싼 바닐라 향이 났다.

두 사람이 부딪치는 순간 그는 그녀의 가슴에 얼굴을 처박고 그녀의 당당한 엉덩이와 권위적인 다리 위로 넘어졌다. 그녀의 엉덩이는 핵폭탄급 위력을 가졌고, 그러므로 그녀의 이름은 롤라다. "롤라, 롤라." 그 이름을 소리 내어 불러 본다. 빌어먹을, 롤라. 그의 눈에 그녀는 악마 혹은 흡혈귀의 아름다움을 지녔으며 해질녘의 위태로운 보라색 빛이 그녀를 관통하는 것 같다. 그녀는 그를 묘하게 흥분시킨다. 보통 때라면 창녀처럼 차려입은 여자들에게 거부감을 느낄 텐데, 그녀는 다르다. 공원에서 부식토를 밟으며 걸을 때처럼 쌉싸래한 초콜릿과 생강, 아카시아 꿀에 혀가 화끈거리는 나가고추(인도가 원산지인 세계에서 가장 매운 고추 품종-옮긴이)를 살짝 섞은 풍미가 목구멍에 퍼진다. 이 맛들은 입 안에서 폭발을 일으키더니, 곧 강렬한 맛으로, 이어 달콤한 맛으로 바뀐다.

자르댕 바에서 모모는 늘 하던 일을 한다. 술을 마시고 롤라에게 그가 잘 아는 초콜릿과 창녀에 대해 이야기하는 것이다. 그가 검지와 엄지를 비비며 돈뭉치가 연상되는 동작을 해 보인다. "그는 인터넷과 관련된 일을 해!"

그녀는 호박색 눈을 가진 남자에게 호기심을 보이지 않는다. "나한테 그런 얘기를 하는 이유가 뭔데? 날 좀 내버려 둬!" 그녀는 리카를 다섯 잔째 들이켠다. 다 마시고 나면 아무 남자나 골라서 몸을 가득 채우리라. 잘하는 게 그것밖에 없잖아!

금요일

그녀는 컴퓨터 앞 의자에 힘없이 등을 기대고 앉아 있다. 오픈 스페이스의 넓은 창을 통해 어두워지는 하늘을 바라본다. 수년째 지속된 일이다. 같은 회사, 같은 부서, 심지어 늘 똑같은 창가 자리. 일을 그만두거나 승진을 하거나 다른 일을 찾겠다고 생각해 본 적도 없다. 야망도 학위도 없고 책임이 따르는 요직도 피해 왔다. 그녀는 공연 내용을 요약해 작성하고, 젊은 청중을 겨냥한 공연 시간표를 데이터베이스에 입력하고, 인터넷 서핑을 하며 시간을 죽이고, 월말에 나오는 급여를 기다린다. 담배와 술을 사야 하고 가능하면 집세도 내야 한다. 이곳에서 일하는 모든 사람처럼 그녀도 진저리가 나지만 그 따분함 덕에 뇌를 코마 상태로 붙들어 놓을 수 있다.

한 시간밖에 남지 않았다. 머리나 배가 아프다는 핑계를 대고 일찌감치 빠져나가고 싶은 생각에 몸이 근질거리지만 이미 써먹은 거짓말이라 더는 안 통한다. 오늘 저녁은 술에 취하고 싶다. 금요일은 백지수표, 뭘 해도 되는 날이니까.

그녀는 얼굴을 자세히 들여다본다. 파란 눈이 우울해 보인다. 눈 속에서 무언가 요동친다. 그녀는 빨간색 원피스를 입는다. 레이스 팬티에 망사 스타킹, 목에는 숄을 두르고 인조 모피 외투를 걸친다. 계단을 내려가는데 초콜릿 향이 코끝을 자극한다. 롤라는 냄새를 따라간다. 냄새의 근원지는 그의 아파트다. 호박색 눈이 그리로 들어가는 것을 멀리서 몇 번 본 적이 있다. 그의 집 앞 층계참에 멈춰 선다. 신발털이 위에 쭈그리고 앉아 좁은 문틈에 코를 갖다 댄다. 매력적인 냄새를 마약처럼 코로 들이마시는 그녀의 눈에 나무 주걱으로 뜨거운 초콜릿 냄비를 젓는 엄마의 모습이 보인다. 엄마는 손가락으로 냄비 가장자리를 찍어 초콜릿 맛을 본 다음 달걀과 녹인 버터, 밀가루, 설탕을 넣는다. 어린 시절에 먹던 엄마의 케이크 냄새를 맡다가 어린아이의 미소가 떠오르자 얼굴을 찡그린다. 그때 문 뒤에서 휘파람 소리와 발소리가 들린다. 가슴이 덜컥 내려앉는다. 재빨리 계단으로 도망친다. 바람은 얼음장처럼 차갑고 그녀는 걸음을 서두른다. 롤라는 자신을 살아가게 해 줄 무언가를 찾아 밤거리로 떠난다.

그녀는 지하철 5호선 플랫폼의 지저분한 오렌지색 의자에 앉아 있다. 전광판의 노란색 안내문이 열차가 도착하려면 8분 남았다고 알려 준다. 한편에서 노파가 아코디언을 연주하고 있다. 흘러내린 양말이 발목에 와인따개의 나선 모양을 만들어 놓았다. 그녀가 부르는 〈장밋빛 인생(La vie en rose)〉은 아코디언과 불안한 음정, 쉰 목소리와 떨리는 창법 때문에 무척 구슬프게 들린다. 롤라의 눈이 촉촉하게 젖어든다. 아무 감정도 느끼지 못하는 좀비는 없는 법이다.

"내게는 네가 있고 네게는 내가 있네. 영원히. 그가 내게 말했지. 맹세했지. 영원히이이……." 노파의 목소리가 갈라진다.

롤라는 형편없는 아코디언 연주를 들으며 그날 저녁 네가 한 말을 떠올린다. "나는 너를 영원히 사랑할 거야. 일흔다섯 살이 돼서 봐줄 수 없을 정도로 늙고 추한 모습이어도." 그녀는 말보다 약속을 해 달라고 했다. 그러자 네가 오른손을 가슴에 얹고 연극 대사처럼 외쳤다. "맹세하노라!"

약속은 배신이 되었다.

"롤라? 당신 맞아요? 정말 당신이에요? 믿을 수 없어……."

고개를 옆으로 돌리니 마스크를 쓰고 병원의 무균병동 입구에서 볼 수 있는 신발커버를 쓴 물체가 꼿꼿하게 서 있다. 검은색 정장 차림으로 오른손에 작은 서류 가방을 들고 있다.

"나예요, 니콜라, 니콜라 프리프렐린!" 그가 마스크를 3센티미터쯤 내리더니 당황한 목소리로 덧붙인다. "그런데 왜 이런…… 차림인 거죠?"

롤라는 몸이 떨리면서 가벼운 패닉 상태에 빠진다. 정체를 드러내서는 안 된다. 그녀는 마른기침을 하는 척하며 적절한 대응책을 강구할 시간을 번다.

"야아, 신기하네요. 이런 데서 마주치다니……. 당신은 지하철을 탈 사람이 아니라고 생각했는데……." 그녀는 그를 천천히 포옹하며 말을 이어 간다. "집들이에 초대받았거든요. 보다시피 변장한 거예요! 짐작하겠지만, 드레스코드가 창녀와 포주예요! 솔

직히 좀 창피하네요. 이런 데서……."

"아, 그러네요. 희한하네요. 뭐랄까…… 참 특이한 주제네요."
자신도 모르게 와우라는 감탄사를 내뱉으며 그가 말한다. "분장
이 멋지네요. 어쨌거나 아주 사실적이기도 하고. 어디선가 빌린
건가요?" 이제 슬슬 호기심이 동하기 시작한다.

"그러니까…… 드레스랑 스타킹은 모노프리(Monoprix, 프랑스의
할인 마트 체인-옮긴이)에서 사고 나머지는 온라인으로 구입했죠. 화
장은 제 작품이에요! 그나저나 나 어때요? 그럴듯하지 않아요?
괜찮지 않아요? 근사하지 않아요? 당신 생각은 어떠냐고요?" 롤
라는 일어서서 허리에 손을 얹더니 제자리에서 한 바퀴 돈다.

"엄청나네요. 마치…… 진짜 같아요!" 니콜라는 손가방에서 깔
개도 꺼내지 않고 지저분한 의자에 앉는다. 그리고 롤라의 다리
를 힐끔거린다.

"당신도 드레스코드가 있는 파티 같은 데 가는 길인가요?" 그
녀가 묻는다.

"말도 말아요! 오늘 아침에 차가 고장 났지 뭐예요. 어쩔 도리
가 없었어요. 지하철을 탈 수밖에요. 다행히 차 트렁크에 이게 있
더군요. (그가 덧신과 마스크를 가리킨다.) 그럭저럭 잘해 나가고 있는
데. 맙소사, 그래도 고역이네요. 꼬질꼬질한 때 봤죠? 병균이 말
도 못 하게 많을 거예요, 여기에……. 진짜 더러움의 온상이죠!
조금 전에도 냄새가 어찌나 심한지 토할 뻔했다니까요. 거기다
롤라, 그런 사람들도 있어요. 조심성 없이 바닥에 태연히 앉아 있
는 거예요. 미친 게 아니면 뭐겠어요! 저 사람 봐요. 저기……. 이

건 정말 수치스러운 일이에요! 저런 걸 보면 나는…… 나라면 정말…… 아, 정말 제기랄. 그렇지만 우리가 세상의 참담한 모습을 모두 봐야 하는 건 아니잖아요!" 그는 시종일관 롤라의 다리에 시선을 못 박은 채 열변을 토한다.

기차가 플랫폼에 들어온다. 롤라가 프리프렐린의 미칠 듯 흥분한 허벅지에 손을 갖다 대며 인사를 건넨다. "조만간 만나요, 니콜라."

"일요일에 칼리송에서 만날까요? 그러니까 책 문제로요!"

그녀는 대답하지 않는다.

그 순간 일어서서 마지막 환승을 향한 수난을 계속하려던 그는 열차에 오르는 롤라의 완벽한 엉덩이를 보고 즉각 발기하는 바람에 서류 가방으로 앞을 가렸다.

롤라는 팡탱(Pantin, 파리에서 6.4킬로미터 떨어진 외곽 도시-옮긴이)에 위치한 선술집 겸 호텔인 델레지의 문을 연다. 그녀는 귀부인처럼 인조 모피 코트를 어깨에 걸치며 들어선다. 델레지에서는 레이스 옷을 입은 여자도 보기 힘들다. 사람들은 어려운 처지, 죽는 날을 기다리는 것 말고 뾰족한 수가 없는 인생에 대해 이야기하고 있다. 단골들은 술잔을 들고 죽음을 기다린다. 카운터에는 멍하고 창백한 얼굴들이 뻔질나게 드나든다. 카운터를 성가시게 하는 그들, 그녀의 동지들이 이곳에 있다. 롤라는 제집에 온 것 같다.

"안녕, 여러분!" 그녀가 바에 있는 사람들에게 인사를 건넨다.

다들 일제히 황폐한 미소를 지으며 돌아보자 순간 시간이 멈춘 듯하다.

"어이, 얼굴 보니까 반갑네요!" 사장이 롤라에게 리카 한 잔을
내놓으며 외친다.

"안녕, 오스카. 마뉘 있어요?"

"있어요. 아래층에서 올리비에인가 뭔가 하는 남자랑 테이블
풋볼을 하는 중인데……."

술집 벽에서는 저수조 바닥에서 풍기는 퀴퀴한 냄새가 난다. w
지저분한 창문에는 산타클로스 양말 한 짝이 걸려 있다. 롤라는
밤새 얼쩡거리는 손님들의 엉덩이를 전부 상대하느라 닳아 빠진
나무 의자에 다리를 꼬고 앉는다. 망사 스타킹이 고기를 감싸는
돼지 크레핀(crépine, 그물 모양의 돼지 막, 고기파이 등을 만들 때 고기를 감싼
다.-옮긴이)처럼 피부를 파고든다.

"요즘 어떻게 지내요, 자기?" 오스카가 다시 말을 건다.

"잘 지내요. 맨날 똑같죠."

사장은 또 한 잔의 리카와 얼음, 물을 건넨다. 똑같은 순서로.
여러 번. 롤라의 눈이 푹 꺼진다. 그녀는 술을 제법 많이 마신다.
알코올이 피를 감싼다. 그녀는 머리카락을 만지작거리고 좌우로
흔들며 오스카의 시선을 붙잡는다.

"내 드레스 마음에 들어요?"

"네, 뭐, 아무튼 정말 빨간색이네요."

"빨강은 권력과 피의 색이고 마릴린 먼로의 입술이고 전형적인
흥분제라고나 할까. 빨간 드레스는 인공호흡과 같아요. 남자들은
온몸이 되살아나는 이런 인공호흡을 좋아하죠. 진한 빨강은 노

골적이죠. 당신도 알겠지만, 나보코프 소설의 여자아이 입술처럼 말이에요. 또 불손하기도 하고요."

"나보 뭐라고요?"

"러시아 사람, 작가 말이에요. 요즘 여긴 어때요?"

"보다시피 이곳은 별일 없어요. 크리스마스가 다가오는 것 말고는⋯⋯."

오스카는 싸구려 호텔의 주인이다. 그는 팡탱을 떠난 적이 없다. 바의 사장은 시간과 노력이 요구되는 직업이다. 그의 여행은 입술과 눈, 손, 주름살, 털, 머리카락, 다리, 팔로 떠나는 여행이다. 그의 여행지는 광활한 고뇌의 공간이고 텅 빈 공터이며 늪지다. 그곳에는 웃음과 울부짖음, 신음 같은 수많은 소리가 있다. 공중에 붕 떴다가 뚝 떨어지는 수평선도 있다. 그곳에는 고독한 사람들이 모여 있고 알코올은 강을 이루어 흐른다. 괴상한 풍경이긴 해도 때로 시적인 아름다움이 충만하고 전망이 뛰어나기도 하다. 스스로 가망 없다고 여기며 술 한 잔 더 말고는 바라는 게 아무것도 없을 때, 사람들은 비극적이고 강렬하다. 그들은 오스카를 보러 오고 그를 있는 그대로 사랑한다. 그는 맥주와 둥근 잔에 담긴 레드 와인과 화이트 와인, 이거 아니면 저거 무엇이든 서빙한다. 게다가 오스카는 공짜 술을 시원하게 돌리기도 하니 더할 나위 없다. 롤라는 인생에서 가진 거라고는 잘 정돈된 흰 콧수염과 너절한 타인들뿐인 이 남자를 존경한다.

"내가 화장한 게 마음에 들어요?" 롤라가 입을 샐쭉거린다.

"뭐, 그런 편이죠. 근데 화장 안 한 당신을 본 적이 없는 것 같은데요."

"난 늘 자막보다 포스터를 좋아했죠. 화장은 보여 주기 위한 거예요! 알겠지만 화장은 일종의 선언처럼 사람들에게 말하기 위해 존재하는 거예요. 나를 잘 보라고, 내 얼굴은 처세를 위한 얼굴이 아니라고. 맞네요. 처세를, 나는, 사는, 방법을, 모르니까…… 더는 모르겠어요. 파스티스(Pastis, 아니스 향이 나는 술-옮긴이) 한 잔 더 부탁해요." 그녀가 감정을 드러낸다. 오스카는 그녀에게 그런 영향력을 발휘한다.

"에이, 그 거창한 말은 다 뭐예요. 여기가 무슨 엘리제궁도 아니고……." 그는 롤라의 덕지덕지 화장한 얼굴 뒤에 감춰진 죽음의 기운을 읽는다. 그 괴상한 얼굴은 슬픔에서 벗어나기 위해 그녀가 만든 극중 배역 같은 것이다.

"당신 때문에 지루해졌어요, 오스카. 토하고 싶어요."

그녀가 주변을 둘러보니 술꾼들은 술잔에 머리를 박고 계속해서 마셔 댄다. 마치 리토르넬로(오페라에서 아리아의 도입 혹은 중간 부분에 반복되는 기악곡-옮긴이) 같다. 술집 안의 모든 것이 뒤죽박죽되기 시작한다. 아니, 뒤죽박죽된 것은 그녀의 머리다. 종양이 튀어나올 것 같은 기침 소리, 니코틴으로 누레진 손끝, 뿔처럼 메마른 머리카락, 담배 때문에 얼룩덜룩한 코밑이 전부 뒤섞인다. 구토증이 방향키를 쥐고 있을 때처럼 몸에 고정되었음을 느낀다. 아버지가 생각난다. 마지막으로 만났을 때 아버지도 그들처럼 얼굴이 동물 가죽으로 덮인 듯 거칠고 적갈색이었다.

"잠깐만요, 왜 그래요? 내가 좀 부추기긴 했지만 당신은 여기온 지 10년째잖아요. 술집은 그러라고 있는 거예요. 그래서 안 망하고 버티는 거라고요, 알잖아요. 그런데 당신은 꼭 허깨비 같네요. 새빨간 허깨비!"

오스카는 롤라의 파란 눈에 폭풍우가 이는 걸 보고 입을 다문다. 뇌우는 검은 동공에서 형성되고 있다. 그중 하나는 가라앉힐 수 없는 것이다. 그는 입을 삐죽 내밀며 맥주잔을 닦는다.

"마셔요. 이번 잔은 내가 사는 거예요. 돈은 안 내도 돼요!" 오스카는 난처해져서 롤라에게 더블 샷을 건넨다. 롤라를 달랠 방법이 없다. 그녀에게 이렇게 싸늘한 기운이 감도는 건 정말 오랜만이다. 그는 무고하게 사형을 언도받은 죄수를 바라보듯 경의와 동정이 뒤섞인 시선으로 그녀를 본다.

"고마워요, 사장님." 그녀가 고개를 까딱하며 상처 입은 미소를 짓는다.

"이 미인은 누구야? 마뉘를 위해 아름다운 빨간 드레스를 입은 그 여자군, 나의 롤라!" 마뉘는 바가 떠나가라 떠들어 댄다.

그가 뒤에서 그녀를 꽉 끌어안는다. 그의 아랫도리가 부풀었다. 롤라는 밤색 코듀로이 바지 너머로 단단한 무언가를 느낀다.

"예쁘네, 나의 롤라. 어쩜 이렇게 아름다운지!"

그녀는 사장에게 손짓하곤 뒤돌아서 마뉘의 입 안에 파스티스로 노랗게 물든 혀를 밀어 넣는다. 그녀의 혀가 퀴퀴한 담배 냄새로 찌든 그의 혀를 이긴다. 향이 강한 박하 껌처럼 그의 입천장에서 톡 쏘는 맛이 느껴진다. 마뉘는 살집이 좋은 건장한 사내다. 그는 버터가 들어간 기름진 음식을 먹는다. 그래서인지 오스카의 바에 오면 커피를 연거푸 마신다. 그가 끊지 못하는 취미는 다른 데, 허리 아래에 있다. 등 뒤에는 이미 똑바로 서지 못하는 신디가 고개를 푹 떨구고 있다. 그녀는 포니테일 머리에 한쪽 눈은 멍이 들었다.

"어쩌다 또 멍이 든 거야?" 롤라가 묻는다.

신디가 손목을 다정하게 내밀어 보기 흉한 핑크색 하트가 큼지막하게 박힌 도금 팔찌를 보여 준다.

"롤라, 이쪽은 올리브(올리비에의 애칭-옮긴이)야. 내가 테이블 풋볼을 하면서 그에게 완패를 먹였지! 네가 봤으면 나한테 홀딱 빠졌을 거야." 마뉘가 오른손으로 롤라의 왼쪽 젖가슴을 움켜쥔다. "그녀가 좋아하는 건 위너들이거든!" 그녀를 올리브에게 소개하는 대신 덧붙인다.

롤라는 파스티스를 잔뜩 마시고 얼근히 취했다. 굵은 체크무늬 셔츠 속에 갇힌 마뉘의 둔중한 배가 눈에 들어온다. 그녀는 휘청하다가 높은 스툴에서 떨어질 뻔했다. 롤라가 백 속의 크고 작은 주머니들을 뒤진다. 손가락 끝으로 손톱깎이 날의 감촉을 확인한 뒤 눈에 멍이 든 여자와 오스카 그리고 나머지 사람들을 남겨 둔 채 마뉘를 끌고 지하로 내려간다.

미니 축구 게임 테이블은 동전을 넣는 본지니(Bonzini, 프랑스의 세계적인 풋볼 테이블 제조사-옮긴이) 제품이다. 투입구에 1유로를 넣으면 작은 선수들이 공을 차거나 드리블을 할 수 있고 손잡이를 당길 수도 있다. 손잡이를 당기는 것, 그것은 남성적인 행동이다. 넓은 의미의 자위라고 할까. 롤라가 지퍼를 내린다. 그녀는 자신이 조각한 작품처럼 그의 물건이 살짝 휜 것까지 알고 있다.

"난 시간이 별로 없어, 롤라……. 한 시간 뒤 헝지스(Rungis, 파리 근교의 대규모 농수산물 도매 시장-옮긴이)에 가야 해. 참치가 엄청 들어 오거든." 마뉘가 롤라의 손을 잡고 누르며 말한다.

이 남자는 생선이라면 모르는 게 없다. 모든 종류의 물고기를 안다. 그에게 항구 냄새가 난다. 소금과 빈곤의 냄새는 피부에 들러붙어 쉽게 사라지지 않는다. 롤라가 마뉘의 바지와 팬티를 발목까지 내린다. 원피스를 살짝 걷어 올리고 본지니에 올라앉는다. 마뉘는 고등어 내장을 긁어내듯이 그녀의 스커트 속을 더듬는다. 그는 손가락으로 원하는 것을 찾아낼 것이다. 롤라는 작은 축구선수들의 강철 머리가 허리에 파고드는 것을 느낀다. 마뉘가 킥을 한다. 왼쪽 볼이다. 들소 같은 배 때문인지 움직임이 서투르다. 롤라는 참는다. 잘하는 게 그것밖에 없으니까. 그의 배에서 커다란 술통 소리가 난다.

이번에는 하나도 빠짐없이 전부 기억난다. 그녀는 너와 함께 있고 자신을 너의 품으로 이끈다. 브뤼 드 파베르제 향수와 아직 어린 남자의 땀내가 뒤섞인 너의 냄새가 되살아난다. 마뉘가 그녀의 가슴을 움켜쥐고 파이 반죽처럼 주무른다. 그가 멈추거나 네가 사라지면 좋겠다. 마뉘의 억센 얼굴과 벌어진 입을 보니 역겹다. 그녀는 십자가에 못 박힌 것처럼 팔을 벌린 채 꼼짝할 수가 없다. 마뉘를, 너를 주먹으로 치고 그의 턱에, 너의 턱에 한방 먹여서 그의 얼굴이, 너의 얼굴이 하얗게, 파랗게 변해 죽어 가는 모습을 보고 싶다. 그녀는 움직이지 않는다. 멈추어야 한다. 그러지 않으면 그에게, 너에게, 아니 사방에 토해 버릴 것이다. 그녀가 신음 소리를 내자 마뉘는 만족해서 땀에 흠뻑 젖은 몸을 멈춘다.

"난 오르가슴에 도달했어, 빌어먹을!" 그가 네 번째 손가락을 롤라에게 내밀며 말한다. 그녀는 떨면서 손톱을 자른다. 도살업자 같은 눈으로 그를 빤히 보면서 갈색 타일 바닥에 손톱이 떨어지게 놔둔다. 잇몸에 시궁창 같은 냄새가 남아 있다. 그녀는 그 끈끈한 액체를 손바닥에 뱉고 그의 체크무늬 셔츠로 닦는다. 마뉘는 그녀의 뺨에 입을 맞춘 뒤 가래침을 등에 묻힌 채 헝지스와 상품 참치를 향해 떠난다.

그녀는 지하실에 남아 담배에 불을 붙인다. 몸이 샌드백 같다. 울고 싶지만 눈물이 세면대 배수관의 머리카락 뭉치처럼 목구멍에 걸려 나오지 않는다. 담배꽁초를 바닥에 비벼 끄고 네 발로 기면서 손톱을 찾는다. "빌어먹을, 염병할!" 찾을 수가 없다. 그제야 레이스 팬티와 원피스를 다시 입고 머리를 매만진 다음 계단을 올라 그녀의 리카 앞에 앉는다. 그것이 텔레지의 마지막 잔이다.

팡탱의 밤, 우범 지대 다리 위. 저녁 시간에 이 외곽 도시를 걷는 사람은 아무도 없다. 자동차만 도로를 지난다. 술을 너무 많이 마셔서인지 끔찍한 취기가 돈다. 입 안에서 쇠 맛이 난다. 몸 위에서 요동치던 마뉘의 모습이 떠올라 욕지기가 올라오며 입 안에 신물이 고인다. 길이 뱀처럼 물컹거려 제대로 걸을 수가 없다. 몸이 골동품 도자기라서 넘어지기라도 하면 산산조각으로 부서질 것 같은 느낌이다. 그녀 옆으로는 텅 빈 주차장과 창고들밖에 안 보인다. 바람이 쉬지 않고 얼굴을 할퀸다. 바람에 면도날이 실린 것 같다. 비틀거리며 지하도를 지나는데 기차가 들어오며 바퀴가 레일을 스치는 소리가 들린다. 머리 위를 지나는 기차의 요란한 소음이 고막을 찢는다. 고막을 파고든 소음은 도끼로 세게 치는 것처럼 뇌에 부딪치더니 박살이 난다. 두 손으로 귀를 막아 보지만 이미 롤라의 내면 어딘가에 금이 갔다. 물이 쏟아진다. 급류는 둑과 제방, 모든 방파제를 부순다. 지류가 지나는 길마다 피부에 홈이 파인다. 눈물은 끈끈한 점토질이다. 화장이 모두 씻긴다.

물에 젖은 어린아이의 얼굴, 너의 얼굴이 떠다닌다. 네가 그녀를 보며 미소 짓고 그녀도 따라 웃는다. 그러다가 너는 그녀에게 손가락질을 하며 격렬한 웃음을 터뜨린다. 그리고 결국 실연의 순간이 찾아온다. 아무리 애를 쓰고 싸워도 실연은 연인을 쳐부수고 무릎을 꿇린다.

그녀가 일어선다. 눈이 따끔거린다. 앞뒤를 살펴보니 지하도가 온통 오렌지색 연옥이다. 겁이 난다. 너무 두렵다. 머리는 이미 도망칠 궁리를 하는 중이다. 그녀는 생각할 틈도 없이 달리기 시작하고 구두굽이 바닥을 때린다. 말발굽 소리 같은 그 소리를 지하도가 삼키더니 벽에 튕겨 반사시킨다. 그녀는 출구만 보면서 속도를 낸다. 갑자기 뭔가 물컹한 것에 걸려 휘청하는 순간 아스팔트로 곤두박질치면서 손바닥이 피투성이가 된다. 바다거북의 등껍질 같은 손이 그녀를 땅속으로 끌어당긴 것 같다.

"10유로 없어?" 그녀는 악마라고 생각한다. 악마가 끙끙거리며 그녀의 엉덩이를 만진다. 그녀는 시야를 확보하려고 가로등 뒤로 물러선다. 거기서 네가 또다시 하이에나처럼 웃으며 조롱한다. 때가 껴서 아무것도 안 보이는 시커먼 얼굴에서 빨간 두 눈만 그녀를 뚫어지게 쳐다본다. 그녀는 있는 힘을 다해 그를 마구 때린다. 부랑자는 낚싯바늘에 걸린 물고기처럼 꿈틀거린다. 침낭 속에서 비명 소리가 터지고 쓰레기 냄새가 피어오른다. 그녀가 괴물 위에 올라탄다. 양 주먹으로 그를 두들겨 팬다. "그만, 그만해." 침낭 속에서 애원한다. 그녀는 일어서서 구두굽으로 몇 번이나 걷어차고 나서야 여기저기 찢어진 망사 스타킹 차림으로 광란의 질주를 계속한다. "망할 년!" 욕지거리가 메아리가 되어 등에 박힌다. 추위와 리카, 공포로 숨이 끊어질 것 같지만 결승선을 넘는다. 가로등 아래에 서서 짐승처럼 소리를 지른다.

롤라는 팔짱을 끼고 계속 앞으로 걸어간다. 그녀의 그림자가 보도에 길게 늘어진다. 걸음을 내디딜 때마다 발밑에서 척추 뼈가 우두둑거리는 소리가 들린다. 땅이 갈라지고 열린 틈으로 그녀의 몸을 삼킬 것만 같다. 그녀는 다시 한번 아무것도 없는 거리를 달린다. 전부 엉망진창이다. 길이 흔들리더니 해면이나 거대한 허파처럼 물컹거린다. 멀미가 난다. 섬망 속에서 반짝이는 금속성 이정표를 발견한다. 희미하고 정확하지 않지만 읽을 수는 있다. "타데우스 로팍 컨템퍼러리 아트 갤러리, 200미터 앞." 이런 이름의 갤러리가 진짜 존재하는 걸까, 일러 준 대로 가면 될까, 이상한 나라의 앨리스처럼 다른 세계로 빠지는 건 아닐까, 그 세계에서 벗어날 수 있을까, 그 안에 정말로 갇혀 버리는 건 아닐까. 그녀는 궁금하다.

그녀는 폐허가 된 공단 지역에 오아시스처럼 우뚝 선 대성당을 연상시키는, 벽돌과 금속으로 지은 거대한 건물 앞에 다다랐다. 잔디는 가위로 말끔하게 손질했다. 푸른 잔디 사이에는 공장에서 찍어 낸 듯 하얗고 깨끗한 조약돌이 놓여 있다. 전부 새것이고 인공적이지만 아름답다. 작은 문 앞에 덩치 큰 남자가 서 있다. 그녀는 문으로 슬쩍 들어가 예술 작품을 감상하고 싶다. 예술은 광기에 그럴듯한 근거를 부여하기 때문이다. 그녀가 어둠 속에서 모습을 드러낸다.

"리스트에 이름이 있나요?" 덩치가 묻는다.

"타데우스 로팍." 그녀는 암호를 대듯 주문 같은 단어를 말한다.

롤라의 눈은 광기가 어려 있고 그런 눈은 드물다. 파란색에 잿빛이 적잖이 감도는 데다 근원을 알 수 없는, 아니 유년기에서 발원한 무언가가 있다. 그 나이에도 여전히 영향력을 지닌 눈이다. 그녀는 특별 대우를 받고 싶을 때, 줄을 설 때 등 살면서 그 영향력을 유용하게 이용했다. 그리고 지금 덩치가 말한다. "좋습니다. 어서 들어가세요."

입구로 들어서자 역의 중앙 홀을 연상시키는 공간이 나타난다. 유리 지붕을 통해 하늘이 그대로 보인다. 한쪽에 뷔페를 차려 놓았다. 수많은 사람이 어깨를 부딪치며 술과 그 속에 든 거품을 마시고 있다. 샴페인을 마시고 자신을 전시하기 위해 모인 사람들이다. 예술 같은 건 안중에도 없고 자기들끼리 "저건 쓰레기 아냐?"라고 속삭이거나 큰 소리로 "정말 대단해."를 외치는 게 전부다. 그들의 언어는 공허하지만 푸아그라는 실하다.

웨이터가 롤라에게 술잔을 내민다. 그녀는 단숨에 비운다. 이 자리에서 롤라는 원피스, 가짜 모피, 찢어진 스타킹과 더불어 눈에 띄는 존재다. 머리에서 출발해 하이힐에 이르면 사람들의 시선은 질리고 입술은 웃음을 참지 못한다. 그녀가 지나갈 때면 두툼한 안경에 수염을 기른 남자들과 모카신에 미니스커트를 입은 여자들 사이에 길이 생긴다.

"한 잔 더 하시겠습니까?"

"물론이죠. 대단히 고마워요!" 그녀는 상류층 부르주아 같은 말투로 대답한다.

롤라는 술잔을 들고 비틀거리며 중앙 홀로 들어간다. 안젤름 키퍼의 거대한 그림이 벽을 덮고 있다. 화가는 독일인이고 그의 작품은 죄의식을 드러낸다. 제목은 '사산아들', 소재는 눈물과 시체안치소다. 캔버스에 회색과 검은색, 짙은 초록색 도료가 층층이 땅속의 시체처럼 쌓여 있다. 마른 꽃과 색색의 점토에 엉겨 붙은 풀들도 있다. 사산아들에게 바치는 꽃다발이다. 빈 의자는 사산아들을 위해 마련한 좌석이다. 길 위의 할퀸 자국은 사산아를 향한 절규다. 음울한 바다 위에 걸린 저울은 사산아들을 위한 심판을 의미한다. 음산한 장면이다.

아무도 없는 전시실, 노신사가 그림에서 눈을 떼지 못한다. 수염이 하얗고 나무 지팡이를 짚고 있다. 롤라가 노신사에게 다가간다. 그녀는 지나치게 거대하고 아픔과 고통, 유해를 생생하게 그려 낸 이 걸작 속에 홀로 남고 싶지 않다. 그림이 그녀를 겁주고 자극한다. 롤라는 손에 든 샴페인을 다 마시고 잔을 바닥에 내려놓는다. 다시 취기가 느껴져 지팡이를 짚은 노신사의 손에 자기 손을 올려놓는다. 노신사가 미소 짓는다.

"걱정할 것 없어요. 작품의 심오한 의미를 느끼는 겁니다. 순수한 감동에 빠진 거지요. 키퍼의 추모 작업은 죽음을 애도하는 과정으로 표현됩니다. 당신은 캔버스 뒤에 감춰진 보이지도 않고 이름도 없는 존재를 보는 수준에 이른 겁니다."

롤라는 가슴에 통증이 느껴지고 심장이 빠르게 뛰기 시작한다. 목과 얼굴이 뜨거운 열기로 화끈거린다. 눈물이 흐른다.

"이 모든 비탄! 당신에게도 보입니까? 봐요, 비탄이 액자를 뚫고 나와 내게로 오고 있습니다. 나를 찾아오고 있습니다!"

롤라의 손에서 땀이 난다. 노신사도 느끼고 있다. 롤라는 이제 부들부들 떨기 시작한다. 다리와 팔이 제멋대로 움직인다.

"술을 너무 많이 마셨군요, 아가씨!"

"네? 뭐라고 하셨죠?"

"눈을 내리깔고 바닥이든 발이든 아무 데나 원하는 곳을 봐요. 키퍼는 안 돼요!"

희미하던 노신사의 음성마저 들리지 않고 롤라는 그림 속으로 스며든다. 그녀는 그들, 사산아들과 나란히 걷고 있다. 그들의 손을 잡고 운명처럼 그 손을 꼭 움켜쥔다.

"곧 갈게!" 롤라는 그렇게 외치고는 쏜살같이 움직여 그림 위로 곤두박질친다. "왔네!"

술을 마시던 패거리가 기함을 하며 일제히 돌아본다. "저 천치가 뭐 하는 거야?" 주머니에서 꺼낸 수십 개의 아이폰이 롤라를 겨눈다. 카메라 기능 선택. 줌. 저장. 페이스북, 트위터 공유. "*미친 여자가 그림 속으로 들어가려 함. ㅋㅋㅋ!*" "*미친년이 키퍼의 걸 작을 파괴하다. 웬일이니!*" 갤러리 안은 경멸과 동정이 반씩 섞인 짓궂은 웃음소리로 가득하다.

노신사는 노쇠한 목소리로 경비를 부르느라 진땀을 뺀다. "스 탕달 신드롬이오! 보안팀! 스탕달 신드롬!"

아무도 그의 말을 듣지 않는다. 웨이터도 서빙을 멈추고 롤라 를 카메라에 담는다. 그녀는 끙끙거리며 몸을 그림에 문지르고 다정한 키스를 퍼붓는다.

경비원이 구경꾼들과 몸싸움을 하며 100미터 경주를 하듯 달 려온다. 그는 롤라에게 몸을 날려 그녀를 바닥에 찍어 누른다. 그 녀의 머리가 콘크리트 바닥에 부딪힌다. 일자리를 잃을까 두려운 남자는 그 짧은 순간에 이제 더는 광기 어린 눈과 여자들에게 속 지 않으리라 다짐한다. "제가 잡았어요!"

타데우스 로팍은 사무실에서 말끔한 헤어스타일에 엄격한 미 소를 띠고 수집가 친구의 포트폴리오를 검토하는 중이었다. 그는 거래를 즉시 중단하고 신성 모독의 현장으로 돌진했다. 예술 작 품에는 손을 대지 않는 게 상식이다. 하물며 작품 가격이 100만 유로일 때는 말이 필요 없다. 다행히 작품은 긁힌 상처 하나 없이 멀쩡하다. 켜켜이 쌓여 단단한 마티에르가 그림을 지켜 준 것이 다. 롤라는 벽에 정면으로 충돌한 여파가 있어 이마에는 자고 일 어난 얼굴의 시트 자국처럼 어지럽게 눌린 줄무늬가, 뺨과 목에는 추상화가 남았다.

타데우스 로곽은 신속하게 냉정을 되찾으며 갤러리 대표의 업무로 복귀한다. "택시 부르세요. 그녀를 집에 데려가도록!"

지팡이를 짚은 노신사는 자초지종을 설명하려 한다. "이런 정신신체의학적 질환은 감수성이 예민한 사람들이 아름다운 예술 작품을 보고 감동에 빠졌을 때 발생하는데, 심장박동이 빨라지고 현기증과 환각이 일어납니다. 특히 미혼 여성에게 치명적인 것으로 보이죠. 그들은 격렬한 감정에 사로잡혀 말 그대로 정신을 잃고 맙니다. 앙리 벨(Henri Beyle, 스탕달의 본명-옮긴이)은 피렌체의 산타크로체성당을 방문한 뒤 이러한 상태를 완벽하게 묘사했습니다. '내 몸에서 생명이 고갈되어 쓰러질 것 같은 두려움을 안고 걸었다.'"

그의 말을 듣는 사람은 아무도 없었다. 노신사는 전시실 한구석에서 장광설을 이어 가고, 뷔페로 몰려간 술꾼들은 계속 술을 마시고, 경비는 검은색 메르세데스 뒷좌석에 롤라를 던져 넣는다. 경비가 보닛을 탕탕 치자 차는 밤과 팡탱의 거리로 떠난다.

롤라는 메르세데스의 가죽 시트에 기대어 파리를 바라본다. RFI(Radio France Internationale, 프랑스 국제 라디오-옮긴이) 뉴스와 뉴스에 대한 운전기사의 논평이 그녀의 동행이다. 겨울이 모든 걸 앗아갔다. 가로수는 철망에 꽂힌 해골처럼 앙상하고 나뭇가지는 목탄으로 그린 시바신의 팔 같다. 그 앙상한 가지 위에 크리스마스를 맞아 걸어 놓은 조잡한 전구와 꽃 장식이 너풀거린다. 장조레스

교차로의 라 로통드(La Rotonde, 레스토랑 겸 공연도 하는 문화 공간-옮긴이)
는 보라색 조명으로 물들어 축제 분위기다. 그 안에서 지칠 때까
지 춤을 추고 있을 것이다. 술 취한 남자들은 밖에서 담배를 피운
다. 그들은 추운 기색이 없다. 싱글거리며 추위에 떠는 짝 없는 여
자들에게 말을 걸고 있다. 맥도널드 주변에서는 가난뱅이들이 돈
이나 싸움판을 찾아 어슬렁댄다. 롤라는 흥분 상태에서 흘린 땀
과 알코올로 썩어 가는 피 때문에 몸이 떨린다. 헤드라이트 불빛
에 눈을 찡그린다. 불빛을 핑계로 아무것도 보고 싶지 않다. 신발
을 벗고 발을 주무른다. 발이 얼음덩어리 같다. 검은 메르세데스가
빨간 신호등을 보고 급정거하는 바람에 목구멍으로 토사물의 짠
맛이 올라온다. 그녀는 배를 드러내고 죽어 가는 짐승처럼 자동차
뒷좌석에 등을 대고 누워 제 손으로 배에 원을 그리며 문지른다.

택시는 그녀를 자르댕 바 앞에 내려놓는다. 안개가 짙게 끼어
길이 보이지 않고 건물 벽에는 물방울이 맺혔다. 롤라는 난간을
꼭 붙잡고 계단을 오른다. 어두운 계단실로 떨어질 것만 같다.
원룸 앞에 놓인 무언가에 발이 부딪힌다. 빨간 끈을 두르고 리본
장식까지 더한 상자가 신발털이에 놓여 있다. 반으로 접은 카드
가 상자 밖으로 삐죽 나왔다. 롤라가 쪽지를 꺼내 읽는다. "이웃
에게, 초콜릿이 마음에 들면 좋겠습니다. 뵙고 싶네요." 카드에
는 도브(Dove)라는 비누 이름과 똑같은 서명이 있다. 알파벳 하
나만 바꾸면 Love다.

그녀는 침대 끝에 쪼그리고 앉아 초콜릿 한 조각을 입에 넣는

다. 초콜릿 속에 생강 맛 크림이 들었다. 상자에는 꿀맛이 나는 것도 있고 강렬한 맛이 숨겨진 것도 있다. 초콜릿이 입 안에서 녹아 이에 달라붙는다. 그녀는 혀로 이에 붙은 것을 떼어 내는 데 성공한다. 두 번째 초콜릿을 입에 넣은 뒤 뱀 인형을 들고 와서 가짜 모피를 덮는다. 길고 까끌까끌한 뱀의 몸뚱이를 쓰다듬으며 초콜릿을 우물거린다. 초콜릿이 고통을 덜어 준다. 당신 곁에 당신을 꼭 안아 줄 두 팔이 없을 때 초콜릿은 위안이 된다.

월요일

그녀는 이틀 동안 집에 틀어박혀 있었다. 초콜릿 상자를 다 비우고 찬장과 냉장고를 열어 눈에 띄는 대로 먹고 또 먹었다. 각종 칩과 통조림, 슈퍼마켓에서 사 온 케이크에 맥주를 곁들여 먹었다. 다리에는 플리스 담요를 둘렀다. 너의 발 냄새와 땀 냄새, 쾌락의 냄새를 보존하려고 한 번도 빨지 않은 것이다. 그녀는 뱀 인형과 오래된 번민을 끌어안고 침대에 몸을 파묻었다. 번민은 쥐 새끼처럼 모든 틈새마다 교묘히 들어가 뇌 안의 쓰레기통을 헤집어 놓았다. 그녀는 금요일 저녁 독일 화가의 그림 속에서 죽기를, 자살하기를 원했는지도 모른다.

롤라는 아무에게도 말을 걸지 않았다. 아파트가 쓰레기 투입구로 변해 가는 걸 하릴없이 바라보았다. 니콜라 프리프렐린이 보내온 세 개의 메시지에도 답하지 않았다. 멍하니 TV를 보다가 지겨워지면 담배를 피웠다. 꿈속에서 몇 미터나 되는 백상아리, 붕장어와 맞닥뜨렸다. 그녀는 수면 아래 이들 괴물, 자신의 공포와 함께 가라앉아 버렸다.

알람이 울린다. 8시 10분이다. 제시간에 도착하기 힘들 것 같다. 부푼 배를 안고 좀비처럼 욕실로 향한다. 다음은 늘 똑같은 과정이다. 샤워를 하고 사람들 앞에 나설 수 있게 꾸미고. 거울 속 얼굴을 보니 못 알아볼 지경이다. 샤워기로 얼굴에 물을 뿌리며 물이 몇 년 전 모습으로 되돌려 주기를 바란다. 그녀는 습관처럼 너를 저주한다. 롤라는 청바지와 무난한 티셔츠, 굽 낮은 구두에 헐렁한 스웨터와 파카를 입고 비니를 쓴다. 화장은 생략한다. 출근 시간을 맞추지 못할 것 같다.

어깨에 멘 가방이 제법 무거워 수 킬로그램은 될 것 같다. 뇌에는 실 뭉치가, 목구멍에는 분석(糞石, 화석화된 동물의 배설물—옮긴이)이 든 기분으로 알레지아거리를 걷는다. 늦을 것 같다. 아직 날이 완전히 밝지 않았다. 겨울바람이 뺨을 에이고 빨갛게 물들이고 건조하게 만든다. 사람들이 뒤뚱거리며 걷는다. 파카 때문에 움직임이 둔하다. 그녀는 파카가 싫다. 파카는 몸을 가리고 실루엣을 없애 버린다. 아무것도 안 보이잖아! 살은 조금도 안 보이고 둔하고 뚱뚱한 덩어리들뿐이다. 학교 앞에서 아이들이 길을 막고 있다. 롤라는 갈아 놓은 칼처럼 날카로운 아이들의 고함 소리를 뚫고 지나간다.

그녀는 지하철역의 탁한 열기 속으로 들어간다. 플랫폼은 일벌 떼로 가득한 벌통 같다. 롤라는 지하철에서 무기력하고 순종적이며 체념한 몸뚱이들과 붙어 서 있다. 그들의 입김에서 아침 기운과 H&M 투피스를 입은 여자들의 달콤한 향수가 반쯤 덮인 냄새가 난다. 그때 다시 쥐가 나타난다. 제시간에 도착하기는 힘들 것 같다. 쥐 때문에 이마가 땀으로 젖어서 지하철을 내린다. 쓰레기통에 토하는 그녀 옆에 발만 하얗고 얼굴은 시커먼 부랑자가 있다. 산 채로 썩어 가는 중인 듯 그의 냄새가 너무 지독해서 그녀는 한 번 더 토한다. 이제 회사에는 못 갈 것 같다. 그녀는 사장에게 '위염'이라는 문자 메시지를 전송하고 노동자 집단과 반대 방향으로 몽유병자처럼 걸어서 집으로 향한다. 그들은 어떻게 언제나 앞을 향해 걸어가는 걸까?

그녀는 입 안에 남은 쥐의 찌꺼기 때문에 알레지아거리의 방금 문을 연 모노프리로 들어간다. 냉장고에서 콜라 한 병을 꺼내 검은 액체를 삼킨다. 그리고 과일 코너를 지나면서 망고를 만져 보고 잘 익었는지 살핀다. 땀과 가죽, 데오도란트를 섞은 냄새가 등에 스친다. 익숙한 냄새다. 보주의 탁한 체취. 그녀는 열대과일 상자에 얼굴을 파묻는다. 상자 쪽으로 뻗은 그의 손을 보니 손톱이 3센티미터는 돼 보인다. 구두장이의 손톱이 시든 망고에 박혀 칼자국이나 작은 잇자국 같은 상처를 남긴다. 그녀는 마티유 바넷에게 말 한 마디 눈길 한 번 주지 않고 모노프리를 도망쳐 나온다. 심장이 건포도 알처럼 쪼그라든다.

그녀는 뱀 인형을 안고 침대 속으로 피신한다. 일곱 살 때로 돌아가서, 엉클어진 긴 머리카락을 빗겨 주며 딸에게 자연스레 새하얀 순수함을 입혀 주던 엄마의 검은 브러시 감촉을 느끼고 싶다. 그녀는 한동안 잠들었다 기진맥진해서 눈을 뜬다. 쥐는 남김없이 먹어치우고 청소를 하고 곳곳을 비워 말끔해진 공간을 비탄에게 넘겨주었다. 슈퍼마켓에 가서 면도날을 사다 피가 응고되지 않도록 샤워기의 더운 물을 틀어 놓고 정맥을 그으면 된다. 죽는 데는 돈이 들지 않는다. 3유로면 충분하다. 몸이 질러 대는 비명을 잠재우고 몇 분, 며칠, 몇 달, 몇 년간 지속된 모든 걸 멈추는 데 단돈 3유로면 된다. 피안에 다다르면 영원한 망각이 기다린다. 노예에서 해방되고 고독을 끝내는 데 필요한 돈 3유로.

어떻게 하면 사람이 이 지경까지 외로울 수 있는 걸까? 사랑은 사라지고 추억만 남았다. 우리는 떠돌이 짐승, 아니 폐가, 벽을 통과하는 유령들이 무단으로 점유한 지저분하고 텅 빈 집이 되었다. 그런 집에 산다는 건 숨 막히는 일이다. 비인간적이다. 곁에 아무도 없다는 건 인간적이지 않다. 단 한 사람도 없다. 술주정뱅이 아버지 말고는 아무도 없다. 아버지는 취한 채 묘지로 허둥지둥 뛰어오려나? 오기는 할까? 딸을 위해 눈물을 흘릴까? 롤라는 말없이 엄마 손에 이끌려 폐허가 된 집을 떠나 엄마와 함께 밤과 지평선을 바라보는 자신의 모습을 그린다. 그럴 힘만 있다면 그렇게 세상을 떠날 수 있을 텐데.

누군가 문을 짧게 네 번 두드린다. 그녀는 꼼짝하지 않는다. 다시 두드리는 소리가 난다. 침대에서 일어나 소리를 내지 않으려는 아이처럼 까치발을 하고 한 발짝씩 내디딘다. 그리고 문구멍에 눈을 갖다 댄다. 호박색 눈과 물렁물렁한 캐러멜을 닮은 입이 보인다. 그는 흰색 줄무늬가 들어간 파란 셔츠를 입고 소매를 팔꿈치 위로 걷어 올렸다. 롤라의 뱃속에서 무언가 진동한다. 그녀가 떨고 있다.

같은 날

그가 문을 두드렸지만 그녀는 열어 주지 않았다. 그녀는 집에 있었다. 그는 문 뒤에 서 있는 그녀가 느껴졌다. 아마도 문구멍으로 그를 지켜봤을 것이다. 만일 그랬다면 미소를 지었을 터다. 어쨌거나 그는 못생긴 얼굴이 아니고 심지어 잘생겼다는 소리를 여러 번 들었으니까. 크레이지 호스의 댄서도 귀여운 러시아 억양으로 그렇게 말했다. 댄서의 안목은 무시할 수 있는 게 아니다.

도브는 시간이 있지만 기다리고 싶지 않다. 기다리는 것은 역량 밖의 일이다. 그나저나 초콜릿은 마음에 든 걸까? 그녀에게 한잔하자 말하려고 몇 주째 벼르는 중이다. 그날 이후 현관과 계단, 길거리, 자르댕 바 어디에서도 그녀를 만나지 못했다. 급기야 이 여자는 찾을 수도 가질 수도 없는 존재로 여겨질 정도였다. 그녀에 대해 묻고 다니기 시작했다. 모모는 덤비지 말고 천천히 하라고 조언했다. 그리고 수위 아줌마, 미치지 않으면 못 할 헤어스타일에 허벅지는 정맥류가 가득하며 틀니를 하고 별 문양의 초록색 앞치마를 두른 전형적인 수위 아줌마인 그녀는 조심하라고 충고했다.

　그는 아줌마의 눈이 마음에 들지 않았다. 그 눈에서 검은 옷을 입은 작은 재판관 둘을 보았기 때문이다. 더구나 그는 힘담 따위는 상관하지 않는다. 그는 그녀의 입술, 피부, 성기를 맛보고 싶다. 롤라, 롤라. 입 안에서 그녀의 이름을 길들인다. 왜, 무엇 때문에 이 여자인지, 왜 그녀가 자신을 미치게 하는지 이해할 수 없다. 원래 커다란 욕망은 대단한 원인이 없거나 이유 자체가 없다. 어쩌면 사창가에 발길을 끊어서일 수도 있고, 자신에게 결여된 인간미를 조금이나마 찾고 싶어서일 수도 있다.

크리스마스

세련된 외곽 도시의 고약한 변두리인 바코네에 도착했다. 롤라
는 RER(수도권 고속전철-옮긴이) 역을 나와 가렌거리로 올라갔다. 기
찻길 건너편에는 누아이에도레(NoyerDoré, 파리 외곽 안토니시 남쪽의
빈민 지역-옮긴이)의 대규모 주택 단지가 있었다. 사람들은 그곳에
서 어슬렁대지 말라고 경고했다. "완전히 건달 소굴이지." 아버지
는 취해서 입버릇처럼 말했다. 하지만 그녀는 마약을 구하러, 그
리고 드리스를 만나러 갔다. 드리스. 그는 잘생겼고 언제나 고장
난 권총을 뒷주머니에 꽂고 다녔다.

롤라는 피자 프론토와 스시 안토니 앞을 지났다. 두 개의 잿빛
고층 건물이 있는 곳까지 걸어가면서 어린 시절에 살던 곳을 나쁜
기억처럼 통과했다. 두 고층 건물의 아래층에는 모든 물건을 싸게
파는 라 푸아푸이 매장이 남아 있었다. 그 앞에서 걸음을 멈추자
그녀는 순식간에 여덟 살 반짜리 꼬마가 되었다.

기억이 생생했다. 손으로 가방끈을 꼭 쥐고 학교에서 돌아오
는 길이었다. 상점 정면에 내건 플래카드에 대문자로 쓰여 있었

다. "*모든 것은 사라지게 되어 있다!*"(새 시즌 상품 입고 전에 상점 측이 붙이는 글로 '상품이 곧 품절됩니다'라는 의미다.—옮긴이) 글씨가 큰 만큼 중요해 보이는 그 말은 망각에 대한 경고였다. 그래서 주먹을 꼭 쥐고 정신을 집중했다. 지우개로 지우듯 윤곽선을 지워 버렸다. 두 귀와 코가 사라졌다. 엄마의 탐스러운 머리카락도 사라지기 시작했다. 그 탐스러운 머리를 손으로 만지면 마음이 편안해졌다. 만질 수 있는, 현실감 있는 것이었다. 그녀는 엄마의 미소를 희생물로 바치기 위해 기사가 되어 자신과 싸웠다. 이제 눈만 남았다. 눈을 포기하는 건 가장 힘든 일이었다. 엄청난 용기가 필요했다. 줄을 긋고, 자르고, 긁어내고, 덧칠해도 눈은 집요하게 기억 속 제자리로 돌아왔다. 잊어버리기 위해 안 해 본 게 없었다. 그런 식으로는 엄마를 떨쳐 버릴 수 없었다.

4층 12호. 복도에서는 예전과 똑같이 담배꽁초와 낡은 양말 냄새가 났다. 그녀는 목구멍에 돌이 걸린 것 같았다. 아버지를 만나지 않은 수개월 동안 한 번도 보고 싶다는 생각을 해 본 적이 없었다. 문을 두드리기 전에 숨을 길게 들이마셨다. 긴 호흡 속에 근심과 희망이 담겨 있었다. 늘 쓰디쓴 진실보다 허약한 환상을 좇는 기도처럼 희망은 이루어진 적이 없었다.

아버지가 문을 열었다. 얼굴이 개코원숭이의 엉덩이처럼 붉었다. 늘어진 피부에 묻혀 눈이 제대로 보이지 않았다. 그녀의 아버지는 어디로 간 것일까? 이 모습 뒤에 남은 건 그의 무엇일까? 아버지가 그녀를 끌어안자 술 냄새가 났다. 아버지는 음식을 잔뜩 준비했다. 반조리 식품 가게에 들러 딸이 좋아하는 푸아그라와 훈제연어를 샀는데, 돈을 많이 썼지만 상관없었다. 크리스마스니까 빵집에 들러 딸이 좋아하는 초콜릿 케이크를 사면서 물론 엄마가 만든 것만 못하지만 그래도 딸이 좋아할 거라고, 딸이 앉아 있으면 자신이 다 차릴 거라고 자신했다. 주방에서 아버지는 롤라가 굉장히 예쁘고 머리도 단정하게 빗었고 이상하리만큼 조금도 변하지 않았다고 말했다. 바깥 날씨가 이렇듯 고약한데 너무 춥지는 않은지, 난방 온도를 높여야 하는지 물었다. 이어서 손에 든 물건을 내려놓고 편히 있으라고, 선물은 필요 없는 터 아버지에게 선물하는 건 딸의 의무가 아니라고 하더니, 이런! 너무 근사하구나, 셔츠 고맙다, 식사 후에 바로 입어 보마, 라고 말했다.

부녀는 음식이 가득 담긴 바구니를 앞에 두고 앉았다. 식탁에는 탄산수 한 병이 당당히 놓여 있었다. 아버지는 그녀가 오기 전에 이미 술을 마시고 부엌을 들락날락거렸다. 그는 드러내 놓고 술을 마시지 않았다.

그는 엄마 없이 딸을 키우는 아버지 노릇을 어떻게 해야 하는지 전혀 알지 못했다. 드레스, 화장품, 보석, 짙은 향수 따위를 선물 상자에 담았고, 그렇게 상자들을 채우다 부녀는 작은 집과 마당의 화단과 꽃을 남겨 둔 채 떠났다. 두 사람은 그 고층 건물로 이사했고 각자 자신의 고통 속에 틀어박혔다. 고통은 어딘가 따뜻한 곳에 숨은 암세포처럼 부녀의 몸속에서 조용히 살아갔다.

어린 시절 한때 롤라는 미술관의 정물화를 대하는 경외심으로 아버지를 바라보았다. 테이블에 놓인 과일 세 개를 보며 어떤 기법이나 시적인 아름다움을 느낄 수는 있겠지만, 오래 보노라면 숨 막히기 마련이다. 집 안에서 그런 생기 없는 삶의 이미지와 마주하는 것은 숨 막히는 일이었다. 그녀는 아버지가 방에서 우는 소리를 들었다. 그는 상자를 뒤져 옷가지를 꺼내 놓고 점차 사라져 가는 아내의 냄새를 맡았다. 냄새는 서서히 사라져 가고 그는 냄새를 붙잡기 위해 점점 더 세게 숨을 들이마셔야 했다. 그런 노력은 아무 냄새도 나지 않는 날까지 계속되었다.

아버지는 롤라를 보며 공허한 미소를 짓곤 했다. 그는 딸의 얼굴에서 아내의 모습을 발견했다. 도드라진 광대뼈며 입술 위의 점, 머리카락이 꼭 닮았다. 그는 아내를 잊는 방법을 찾아냈다. 사람들이 무엇 혹은 누군가로부터 벗어나기 위해 선택하는 방법, 즉 죽도록 일해서 슬픔을 말려 버리는 것이었다. 실제로 그 목표를 위해 자신을 심하게 괴롭혔다. 마파 장갑(Mapa, 프랑스의 고무장갑 브랜드—옮긴이) 같은 미장이의 손으로 벽과 천장, 칸막이, 카운터 등 남들을 위해 쓸모 있는 걸 만들었다. 그러나 10년을 넘기지 못했다. 그의 등이 무게를 견디지 못하고 휘어 버린 것이다. 결국 허리통증 때문에 일도 그만두고 장애인 신세가 되었다.

아버지는 쓸모없는 무능한 사람이 되었구나, 라고 생각하기에 이르렀다. 그러자 절벽에서 뛰어내려 알코올의 바다로 빠져 버렸다. 변기 수조에도 침대 밑에도 침실 옷장에도 죽은 아내의 옷상자에도 술병이 들어 있었다. 그는 문에 몸을 박거나 층계참과 바닥에, 운이 좋으면 안락의자나 침대에 쓰러졌다. 파이프오르간처

럼 코를 골았으며 지금처럼 쓸모없고 시끄러운 흐물흐물한 덩어
리가 되어 갔다. 곧 성격도 나빠졌다. 고함을 지르고 마파 장갑 같
은 미장이의 손으로 폭력을 휘두르기에 이르렀다. 그러고 나면
어김없이 쓰라린 눈물을 흘리며 자책했다. 아버지의 진심은 싸구
려 술과 죄책감에 가로막혀 목에 걸린 채 나오지 않았다.

롤라는 아파트를 둘러보았다. TV가 큰 걸로 바뀐 것 말고는 달
라진 게 없었다. 가구는 미관과 상관없이 의자는 앉기 위해, 옷장
은 정돈용으로 존재할 뿐이었다. 부녀는 훈제연어를 먹었고 그녀
는 거짓말을 했다. 모든 게 잘되어 간다, 그렇고말고, 나는 행복하
다, 보시라, 얼마 전에 남자도 만났다. 아버지는 롤라가 그 남자를
적어도 아버지가 어머니를 사랑한 만큼 사랑하기를 바란다, 말하
고는 딸의 행복을 축하하기 위해 한잔해야겠다며 주방으로 달려
갔다. 하지만 나올 때는 말이 없어졌다. 작은 원탁에 놓인 가족사
진에는 아버지, 엄마, 어린아이와 그들의 박제된 웃음이 있었다.
롤라는 죽은 사람이 엄마가 아니라 아버지였기를 얼마나 바랐는
지 모른다.

아버지는 후식을 가져오겠다며 주방으로 되돌아가더니 가라
앉은 눈빛으로 비틀거리며 다시 나타났다. 케이크를 서투르게 두
조각으로 잘라 한 입을 먹더니 접시에 다시 뱉어 내고 소리를 질
렀다. 이 케이크는 구역질이 난다, 그 멍청한 빵집 주인 여자에게
쫓아가서 망할 케이크로 낯짝을 갈기고 말겠다! 그러더니 소파에
벌렁 드러누워 요란하게 붕붕거렸다. 롤라는 귀를 막았다. 아버

지를 흔들어 보았지만 그는 딸에게 고함을 지를 뿐이었다. 꺼져, 괴롭히지 말고 내버려 둬, 안 보여, 나는 끝났어, 빌어먹을! 롤라는 어릴 때처럼 자기 방에 처박혀 있었다. 마지막이다, 다시는 이 꼴을 보지 않겠다고 맹세했다.

그것이 10년 전이었다. 그녀가 슬픔으로 죽어 가는 술주정뱅이 아버지 집에 발걸음을 끊은 지 10년째였다.

카펫이 있는 원룸 아파트에서 맞이하는 크리스마스다. 롤라처럼 무인도 같은 사람들에게 크리스마스와 연말은 재앙이다. 바는 문을 닫고 집집마다 별안간 북적거린다. 그녀는 창가에서 담배를 피우며 어둠이 내리고 크리스마스트리의 등불이 백치처럼 깜박이는 모습을 바라본다. 보도에는 뒤늦게 양팔 가득 선물 상자를 들고 뛰는 느림보와 추위에 얼어 죽게 생긴 길모퉁이의 부랑자뿐이다. 파리는 정적으로 가득하고 롤라의 외로움은 더욱 도드라진다. 어떻게 지낼까, 아버지는? 죽었을까? 그럴 리 없다. 그랬다면 영안실이나 이웃집에서 연락해 왔을 것이다. 그녀는 창밖으로 손을 내밀어 안개비의 촉감을 느낀다. 크리스마스에 어울리지 않는 안개비는 눈으로 바뀌고 있다.

꽁꽁 언 손가락으로 서랍장의 세 번째 서랍을 연다. 손톱이 든 유리병을 꺼내 행운의 부적이라도 되는 양 두 팔로 끌어안는다. 그 병이 얼마간 더 살아갈 자신감을 준다. 그녀는 자신만의 것, 그녀를 떠나지도 죽지도 않을 무언가를 가질 자격이 있다. 손톱은 죽지 않는다. 그녀는 몇 번이나 병을 끌어안은 뒤에야 제자리에 놓는다. 한동안 섹스를 하지 않았다. 그녀는 망각을 배불리 먹지 못했고, 기억의 무덤은 전부 파헤쳐졌다. 다시 시작해야 한다. 손톱을 다시 잘라야 한다. 병이 거의 다 찼다. "가득 채워야 해, 가득." 마법의 주문처럼 되뇐다.

휴대전화가 부르르 떨린다. "메리 크리스마스!" 니콜라 프리프렐린이다. 롤라의 얼굴에 웃음이 돌아온다. 스핑크스의 미소가.

토요일

그녀는 그의 강박관념이 되었다. 그는 자신의 뺨을 가볍게 몇 대 때리며 스스로 주의를 준다. 낮은 목소리로. "그만!" 하지만 아랫배에 기습 펀치를 날리듯 그녀가 다시 떠오른다. 망사 스타킹, 원피스, 하이힐 굽, 창녀로 분장한 롤라. 니콜라 프리프렐린은 그 모습에서 헤어나지 못한다.

베로니크는 몇 주 전부터 뭔가 잘못되어 가는 걸 감지했다. 남편이 이상하게 들떠 있었다. 밤마다 땀으로 시트를 적시고 이를 갈았다. 그녀는 아무 말도 하지 않았다. 남편의 눈 속에 깃든 결핍, 아내를 버려둔 채 돌아누운 어깨 그리고 한숨까지도 베로니크는 처음 느끼는 거였다. 고통스러웠다. 그녀는 남편을 위한 이벤트로 삿갓버섯이 든 순대를 준비하고 카페에서 그가 좋아하는 에클레르를 사 주었다. 그러나 니콜라는 허기를 느끼지 못했다. 설거지도 원치 않았다. 부부는 늘 접시와 잔, 식기를 서로 닦겠다며 다투곤 했다. 누가 그 특권을 차지할지 정하려고 소소한 게임을 고안할 정도였다. 그러나 한 달 전부터는 모든 게 끝났다. 그는 청소기, 수세미 심지어 그녀의 몸에도 손을 대지 않았다. 앨빈 미셸 출판사의 책 건에 관해서도 말 한마디 하지 않았다.

그런 남자가 아내에게 자홍색 가터벨트와 레이스 티팬티를 선물했다. 그녀는 꾹 참고 몸에 꿰었다. 그는 빨간색 끈을 두른 그녀의 모습을 보더니 한없이 실망한 표정으로 자리를 피했다. 아내는 엉덩이에 티팬티를 걸친 채 그대로 서 있었다. 코에서 흘러나온 콧물이 입술까지 내려와 범벅이 되도록 울었다. 남편은 자신의 선물이 빚은 아내의 추한 몰골과 눈물 따위는 안중에도 없었다. 베로니크는 노르망디의 기다란 해변을 보러 친정으로 떠났다. 품위가 성직자나 지킬 의무라면 바다에는 사람을 떠나게 만드는 수평선이 있다. 일주일치 여행 가방을 들고 작별 인사를 건넸을 때 니콜라는 가뿐한 표정으로 뺨을 때리듯 문을 철컥 닫았다. 문을 닫자마자 머리를 움켜쥐었다. 머릿속이 오직 하나, 롤라의 모습으로 가득 차 있었다.

오케이, 좋아. 그가 알맞게 달아올랐다. 그의 집에서 만나기로 약속이 정해졌다. 첫날이다. 그는 16구 최고의 베이커리 과자를 맛보는 기쁨을 선사하겠노라 약속했다. 롤라는 미세한 법랑 조각처럼 날리는 눈송이를 바라본다. 승용차 지붕에 떨어진 눈송이는 은색 덮개가 아니라 갈색 수프가 되어 거리를 칠갑한다. 파리에서 눈이 순백색을 유지하기란 불가능하다. 그녀가 자르댕 바 앞을 지난 건 오후 4시다. 바는 성탄절 다음 날의 고독한 사람들로 가득하다. 벌건 얼굴들이 화이트 와인으로 몸을 덥히고 있다. 모모는 크리스마스 연휴에 아귀처럼 먹었는지 몸이 더 건장하고 단단해 보인다.

"안녕! 버티는 중인가, 공주님?" 그가 말을 건다.

"응? 무엇 때문에?"

"글쎄, 나야 모르지." 모모가 대답한다.

그녀는 경례를 해 보이고는 빙판을 피해 노인처럼 어정어정 걸으며 멀어진다.

그녀가 벨을 누른다. 그가 문을 연다. 그녀가 익히 아는 얼빠진 웃음을 짓고 있다. 그는 조심스럽게 신발을 벗으라고 하더니 포장도 뜯지 않은 흰색 호텔 슬리퍼를 권한다. 그녀는 슬리퍼를 포장지째 던져 버리고 현관 러그에 발을 쓱쓱 문지른 뒤 거리낌 없이 피스타치오색 안락의자에 앉는다. 엉덩이가 닿는 부분과 팔걸이에 씌운 오염 방지용 비닐이 눈에 띈다. 비닐 포장 때문에 거슬리는 소리가 난다. 테이블에는 과자 세트가 놓여 있다. 니콜라는 그녀 앞에 차렷 자세로 앉아 있다. 그는 말이 없고 벽에 걸린 원목 시계의 바늘만 쉬지 않고 똑딱거린다. 집 안에서 시골집 서랍장에 넣어 두는 라벤더 향주머니 냄새가 난다. 할머니 냄새다. 조명도 편안하지 않다. 피부가 병자처럼 보인다. 장식장마다 기묘한 물건과 유리 동물, 작은 꽃병, 골동품 장신구, 세라믹 잡동사니 등 보기만 해도 정신 사나운 수집품이 가득하다.

"베로니크는 먼지를 털어 줘야 하는 작은 물건들을 좋아해요." 니콜라가 작은 목소리로 변명한다.

"뭐 그러시겠죠. 베로는 집에 없나요?" 그녀가 사창가의 여자처럼 빈정대는 말투로 묻는다.

"일주일간 친정에 갔어요. 노르망디요." (그가 롤라 쪽으로 접시를 밀자 그녀는 라즈베리가 든 마카롱을 집는다.)

"아, 네에, 맛이 끝내주네요. 당신은 안 먹어요?"

"고마워요, 롤라. 나는 배가 안 고파서요."

"무슨 일 있어요, 나의 귀여운 니콜라?" (그녀는 이제 짓궂은 소녀의 목소리를 낸다.)

"아니, 아니요, 전혀, 아무 일도." 그가 더듬거린다.

"나의 귀여운 니콜라, 나한테 하려던 말이 뭐죠?"

"내 말은 그러니까 내가…… 내가…… 내가 당신을 사랑하는 것 같아요!" 그가 폭탄선언을 한다.

롤라는 파리브레스트(Paris-Brest, 가운데가 빈 바퀴 모양의 슈크림 빵-옮긴이)의 버터크림을 입 안 가득 머금은 채 웃음을 터뜨린다.

오후 5시 벽시계가 열심히 똑딱거린다. 그녀가 다가가 의자에 앉은 그의 몸을 거칠게 잡아당긴다. 그의 다리가 병든 늙은이처럼 허무하게 무너진다. 그리고 그녀의 가슴에 얼굴을 묻는다. 그녀는 한쪽 무릎을 그의 허벅지 사이로 가져간다. 그는 쾌락과 두려움으로 외마디 소리를 지른다.

그녀가 욕실을 보고 싶다고 한다. 욕실 타일은 연회색이다. 그녀는 머리카락 몇 가닥을 뽑아 바닥에 버린다. 그러고는 손가락으로 머리카락을 가리킨다. "저게 뭐예요? 비위 상하게!" 니콜라의 정수리를 후려치며 지시한다. "욕조에 물 틀고 옷 벗어." 그는 조끼 셔츠 바지 양말 팬티 순으로 벗고 얌전한 아이처럼 음경을 손으로 가린다. "보여 줘." 그녀가 손으로 물 온도를 살피며 명령한다. 니콜라는 발기한 성기를 비죽 내밀며 욕조 안으로 들어간다. 그는 난생처음 《플레이보이》의 플레이메이트(playmate, 《플레이보이》 중앙에 실리는 대형 누드 사진 모델-옮긴이)를 발견한 소년의 눈빛으로 그녀를 바라본다. 그녀가 그에게 다가간다. "이제 문질러. 어서!" 그가 장갑 모양의 목욕 수건과 무화과 향 비누를 집어 든다. 그는 롤라의 탐스러운 옆머리를 치우더니 목으로 진격한다. 목을 씻고 피부를 어루만지다가 장갑을 젖가슴으로 가져간다. 롤라가 몸을 일으키자 이번에는 허벅지 사이로 향한다. 혀를 대고 몇 분 동안 천천히 움직인다. 얼마나 지났을까, 노랗고 따뜻한 액체가 그의 얼굴에 흘러내리는 것이 느껴진다. 그는 고양이가 우유를 핥듯 그 액체를 핥아먹는다. 니콜라는 천국에, 아니 지옥에 있다. 그녀는 그를 입 안에 넣고 깨문다. 잇자국이 선명한 그의 성기는 여전히 발기한 상태다. 그녀가 돌아서서 양 손바닥을 타일 벽에 갖다 댄다. 그리고 엉덩이를 움직인다. 그가 그녀의 등에 몸을 밀착하고 그녀 안으로 들어간다. 그녀는 눈을 감고 그제야 안도의 숨을 내쉰다. 이제 됐다. 정신이 아득해진다. 왔다 갔다 반복하던 그가 소리를 지른다. 그녀가 손톱을 자를 때 프리프렐린은 또 한번 쾌락의 문턱에 있었다.

롤라는 옷을 입고 물방울무늬 원피스 차림의 베로니크 사진이 담긴 금빛 액자를 지나다 그녀의 얼굴이 바닥에 오게 엎어 놓고 하이힐 굽으로 유리를 박살낸 다음 니콜라를 쳐다본다. 그는 만족스러운 미소로 화답한다. 그녀는 다크 초콜릿 파르페와 를리지외즈(Religieuse, 초콜릿이나 캐러멜을 씌운 크림 슈 위에 좀 더 작은 크림 슈를 얹은 프랑스 전통 빵-옮긴이) 4분의 3쪽을 해치우고 집을 나온다. 롤라는 자신이 원하는 힘과 평화를 손에 넣었다.

2월 20일

한번은 네가 살던 리골가에서 주르댕으로 이어지는 거리를 찾아갔다. 파리 고지대에 위치한 그 후미진 길에는 아프리카인들이 무단 거주하는 집들과 나무, 잡초가 방치되어 있었다. 그녀는 외투 주머니에 식칼을 품고 밤나무 뒤에 숨어 세 시간 동안 너를 기다렸다. 단 한 번의 빠르고 정확한 동작으로 너의 목을 잘라서 네가 쓰러져 몸이 경직되어 가는 모습을 지켜보고 싶었다. 하지만 그녀는 죽은 사람에게도 생존 본능이 있다는 사실을 잘 안다. 파리처럼 날아와 기억을 성가시게 자극하는 죽은 자를 다시 죽이는 건 불가능하다. 또 다른 날은 네게 그녀 말고는 아무것도 남지 않도록 너의 26제곱미터 집에 불을 질러 깡그리 태워 버릴까 궁리했다. 그런 생각을 지금도 한다.

그녀, 롤라는 사랑이 남긴 뒷맛에 충실하다. 오늘 저녁 그녀는 비에 젖은 개 냄새를 풍기는 건물 현관에서 네 생각을 한다. 저녁 8시 30분 그녀가 우편함을 연다. 아무것도 없다. 알로 스시, 스피드 래빗의 광고 전단 빼고는 아무것도 없다. 아니, 그녀의 이름이 적힌 편지가 한 통 있긴 하다. 그녀의 계좌에 잔액이 한 푼도 없다는 걸 알려 주려고 은행에서 보낸 것이다.

"롤라." 등 뒤에서 목소리가 들린다. 그녀는 고개를 오른쪽으로 돌린다. 호박색 눈이 그녀를 보고 있다. 이번에도 한 줄기 차가운 바람이 피부를 통과하는 느낌이 든다.

"초콜릿은 마음에 들었나요?" 이웃 남자가 다짜고짜 묻는다.

"하룻밤 만에 다 먹어치웠어요." 그녀는 대답해 놓고 곧바로 후회한다.

"여기 냄새가 이상하지 않아요? 뭐 하는 중이에요? 같이 한잔하러 갈래요, 이웃끼리?" 그가 즉석에서 제안한다.

롤라는 고개를 저었지만 입 모양은 '좋아요'가 되고 만다. 몸이 우왕좌왕하면 조롱당해도 싸다.

"잘됐네요. 밖에서 기다릴게요." 도브가 단박에 결론을 낸다.

그녀에게 보내는 그의 미소가 저속한 제안처럼 보인다.

"우편물 좀 두고 올게요." 그녀가 건조하게 대답한다.

그가 원하는 게 뭘까? 게임을 하자고? 오케이, 그거야 쉽지. 그가 잃을 테니까. 그녀는 그의 가는 손가락과 잘 정돈된 손톱을 보아 두었다. 전사처럼 힘차게 계단을 오르지만 위가 딱딱해지는 느낌이 든다. 그녀는 아름다움에 익숙하지 않다. 아름다움은 그녀에게 공포를 준다. 그래도 그의 손톱을 자르리라. 거울을 들여다본다. 뺨을 가볍게 두드린다. 눈가의 잔주름과 이마 주름이 끈질기게 남아 있다. 주름진 부분을 매끈하게 펴고 파운데이션이 두껍게 층진 곳을 정리한 뒤 피부 상태를 살펴보며 뱀처럼 허물을 벗는다. 입술에 검붉은 립스틱을 바르고 눈에는 마스카라를 두 겹으로 칠하며 화장을 마무리한다. 검은색 레이스 브래지어와 팬티로 갈아입는다. 그는 이런 절제된 속옷을 좋아할 것이다. 짧은 원피스에 갈색 부츠, 인조 모피를 입고 내장까지 토해 버릴 것 같은 기분으로 계단을 내려간다. 공포가 위를 가득 채웠다. 그녀가 선택하기 전에 다가온 남자는 너 이후 처음이다.

그가 우버 택시를 불렀다. 검은색 세단이 사륜마차처럼 자르댕바 앞에 선다. 모모가 롤라를 껴안고 도브의 손을 잡으며 그에게 슬그머니 윙크를 보낸다. 그녀는 입을 열지 않는다. 택시를 타고 가는 동안 그는 쩔쩔맨다. 그녀는 광기 어린 눈을 깜박이지도 않고 앉아 있다. 그는 그녀의 눈에서 난폭함과 공포, 욕망을 읽는다. 그토록 기복이 심하고 격앙되고 치명적인 눈은 한 번도 본 적이 없다. 공격과 도주 사이에서 망설이는 짐승처럼 그를 바라볼 때도 시선을 거두지 않는다.

그녀는 잘 재단된 청바지와 흰색 스탄스미스, 모직 코트 안에 받쳐 입은 강렬한 파란색 스웨터를 눈여겨본다. 그는 잘생기고 옷차림도 세련되었다. 그녀는 이미 그를 증오한다. 그가 건넨 몇 가지 질문에 핵심을 빗나간 애매한 대답만 한다. 그는 디지털 커뮤니케이션 회사를 경영한다. 그녀는 정확히 무슨 일을 하는 회사인지 모른다. 그가 주요 고객인 몇몇 명품 브랜드를 언급한다. 그러자 처음으로 그녀는 거리의 창녀, 부르주아의 하룻밤 사랑이 된 기분이 든다. 술을, 그것도 정신을 잃도록 마셔야 한다. 그가 데려가는 술집이 시끄러운 곳이면 좋겠다. 소란은 불편함도 뒤죽박죽으로 만들 테고 사람들의 시선은 그녀에게 쏠릴 것이다. 비로소 그녀는 권위와 우월함을 느낄 것이다. 그녀는 기사 딸린 자동차에 고객용으로 비치된 작은 생수 한 병을 다 비운다. 그러고도 차 안의 공기가 답답해서 날이 추운데도 창문을 끝까지 내린다.

그가 데려간 곳은 칵테일 바다. 그녀는 모히토, 블루라군, 피냐 콜라다를 한 잔씩 마신다. 그는 쿠바 리브레, 블랙 러시안을 차례로 들이켠다. 그의 호박색 눈은 그녀의 파란색 눈에 고정되어 움직이지 않는다. 그녀는 그의 목과 어깨선, 팔을 하나하나 뜯어본다. 그의 행동은 개성 있고 약간의 우아함도 몸에 배어 있다. 그 매력이 그녀를 무장해제해 버린다. 그녀는 저항하고 자신을 속이고 장난으로 만든다. 그러나 부처스 컷(butcher's cut, 푸주한이 자기가 먹으려고 따로 남겨 놓는 맛있는 부위-옮긴이), 스파이더 스테이크(소 뒷다리와 엉덩이가 연결되는 부분의 딱 두덩이만 나오는 귀한 부위. 하얀 마블링이 방사형으로 형성된 거미줄 같아서 붙은 이름이다.-옮긴이) 같은 그를 다른 그 무엇보다 원한다. 그녀는 맛보고 그 고기를 즐기고, 그러고 나서 토해 버릴 것이다.

롤라는 그녀답지 않은 태도를 보인다. 자신이 손톱을 자르는 여자라고 밝히지도 않을 작정이다. 비록 작은 병이라도 그 한 병을 채우기 위해 얼마나 많은 섹스와 술과 고통이 요구되는가. 옷 속으로 땀이 흐르고 모든 것이 사라진다. 그녀가 애교를 부린다. 그가 말하면 바보처럼 웃으며 술을 목에 흘려 넣는다. 얼굴색이 변하고 화장이 지워진다. 얼근한 취기가 얼굴에 껌처럼 들러붙는다. 그녀는 자신을 내려놓고 바의 붉은 조명과 밤에 꼭 어울리는 음악에 빠져든다.

그가 허락도 받지 않고 그녀의 입술로 직진한다. 그녀가 그의 입술을 받아들이고 그들의 혀가 칵테일 클럽의 웅성거림 속에서 빙글빙글 돈다. 두 사람은 지그재그로 걸으며 바를 나온다. 그가 그녀의 허리를 감싸고 잘 차려입은 사람들이 가득한 10구의 노점으로 이끈다. 뿔테 안경과 롤업진, 색다른 스타킹, 피코트, 더비 슈즈, 세심하게 손질한 수염, 당연히 앞머리를 덮은 헤어스타일에 똑같이 차려입은 사람들은 복제의 복제, 똑같이 그린 모작들 같다.

롤라는 빽빽한 인파 속에서 도브의 모직 외투에 꼭 붙어 빨판 같은 걸 느낀다. 호박색 눈의 손이 그녀의 허리와 엉덩이를 오간다. 그의 귀에는 옷 아래로 쿵쿵 소리를 내며 마구 뛰는 심장 소리가 들린다. 롤라의 허파가 움츠러든다. 숨쉬기가 힘들어지고 너무 높은 산 정상에 오른 것처럼 공기가 희박한 느낌이다. 그로 말하면 습도가 높은 숲속 나무 아래서 자라는 이끼 같다. 그가 섬세하지만 가지런하지 않은 그녀의 손가락을 잡는다. 그리고 손바닥을 자세히 들여다본다. 그녀의 손바닥은 손금이 제멋대로 뻗어 있고 중앙의 오목한 곳은 작은 정글처럼 복잡하다. 그는 그녀에게 작은 광기를 느끼는데, 그 광기는 감정을 자극하는 여러 가지 요소 중 하나다. 그녀는 그의 손톱에 정신을 빼앗긴 채 어루만지다가 딸기 맛 막대사탕처럼 입 안에 집어넣는다.

그 순간 남자가 도브의 어깨를 툭 치며 분위기를 깬다. 그는 억양이 어색한 영어로 말을 건다. "헬로, 마이 프렌드. 하우 아 유, 마이 프렌드? 당신의 뷰티풀 레이디를 위해 꽃 몇 송이 사지 않을래요?"

꽃 파는 남자는 눈 밑으로 피로가 온 얼굴을 덮었고 손에는 파란색, 빨간색, 흰색의 가시 없는 장미가 한 다발의 궁핍처럼 들려 있다. 그는 분명 그 꽃들을 증오하며 꽃에, 파리에게, 서로의 몸을 주물럭거리는 모든 바보에게 침을 뱉을 것이다.

도브가 물러나라고 손짓하며 단호하게 쏘아붙인다. "됐어요, 필요 없어요."

롤라의 심장이 갑자기 명료하고 냉정한 상태를 되찾는다. 자동차에 치어 숨진 어머니가 떠올라 꽃을 싫어하지만, 동전 지갑에 든 15유로를 전부 꺼내 오늘 밤만이라도 꽃장수에게서 가난의 짐을 낚아챈다. 그리고 쓸모없는 아름다움을 안은 자신의 모습을 발견한다.

"생큐, 뷰티풀 레이디, 생큐." 이제 그는 자신의 박쥐 동굴에서 은신하거나 잠을 자러 떠난다.

그녀는 도브에게 꽃다발을 건네고 입술은 주지 않는다. "자, 당신 거야!" 디지털 커뮤니케이션 회사의 대표는 불편하고 민망하고 어리둥절한 꼴이 되었다.

굵은 빗방울이 두 사람과 인파의 머리 위로 쏟아지기 시작한다. 사람들은 택시를 소리쳐 부른다. 택시가 여러 대 그냥 지나친다. 그녀는 걷고 싶어졌고, 두 사람은 남쪽의 센강과 샤틀레의 다리들이 있는 곳까지 걸어간다. 시테섬에서 걸음을 멈춘다. 시계

탑과 세자르탑, 실버타워와 봉백타워를 거느린 콩시에르주리가 있다. 과거 고문과 지하 감옥으로 악명 높던 그곳에서 지금은 커플들이 셀피를 찍는다. 바다처럼 센 물결이 오염된 물고기와 비닐봉지, 맥주캔을 뒤섞어 놓는다. 얼음처럼 차가운 돌난간에 기대 내려다보는 파리는 19세기의 그림 같다. 입술과 눈썹에 달라붙은 젖은 머리카락을 바람이 사정없이 헤집는다. 강물에서는 파란색, 빨간색, 흰색 장미 다발이 어딘지 모를 곳으로 멀어져 간다.

그의 침대 매트리스는 표준 사이즈보다 넓고 받침대는 원목이다. 그들은 서로 몸을 포갠 채 불도 켜지 않고 아파트로 들어갔다. 그녀는 원피스를 벗고 검은색 레이스 브래지어도 벗는다. 그가 목, 엉덩이, 가슴을 움켜쥔다. 그녀의 피부를 닥치는 대로 먹어치운다. 손가락이 분주히 뛰어다닌다. 바지를 벽에 던지고 팬티는 바닥에 처박는다. 그는 밤새도록 그녀의 몸을 바라보고 끌어안는다. 머리부터 발끝까지 냄새를 맡는다. 그들은 침실의 단단한 매트리스에서 사랑을 나누며 강렬한 쾌감을 맛본다. 규칙적으로 흔들리는 그녀의 몸 안에서 몇 초 뒤 폭발이 일어난다.

너와 헤어진 후 오랫동안 그녀는 침대에서 섹스를 하지 않았다. 뜨겁게 타오르다 잠시 후 잠잠해지는 타인의 피부도, 배를 움켜쥔 손도, 목덜미에 닿는 숨결도 느껴 본 적이 없다. 롤라는 그녀의 머리카락에 얼굴을 묻고 미소 짓는 그를 느낀다. 그는 고양이 등의 진드기처럼 그녀에게 꼭 붙어 있다. 그 다정함이 견디기 힘들다. 감옥의 독방에 갇힌 것 같다. 절단기로 잘라서라도 그의 팔을 치우고 싶다. 볼링공같이 둔중한 것이 목에 걸린 것 같다. 간, 비장, 창자가 몸의 모든 구멍으로 튀어나오려 한다. 그녀는 그의 품에서 살짝 벗어나 바닥을 본다. 바닥에 팽개친 가방을 발견하고 그 속에 손을 집어넣는다. 이내 손톱깎이를 발견하고 세게 움켜쥔다.

"뭐 해, 가려고?" 그가 잠에 겨운 목소리로 묻는다.

그녀는 숨을 참을 때처럼 공기를 들이마시고 목구멍까지 치민 구토를 참으며 손톱깎이를 주머니 깊숙이 다시 넣는다. 그 후로도 한 시간 동안 광기 어린 상태로 눈을 뜬 채 있었고, 도브는 그녀 뒤에서 몸을 포개고 누워 있었다. 그녀는 그가 잠들기를, 코를 골기를 기다리다가 그의 품을 벗어나 어둠 속에서 알몸으로 더듬더듬 그의 겨드랑이 밑에 말려 있던 옷가지를 찾았다. 조용히 문을 닫고 한 층 위 그녀의 원룸 아파트에 들어가서 낡은 뱀 인형을 끌어안고서야 안전한 느낌이 들었다.

2월 21일

　잠자리에서 일어나는 그녀의 머릿속에 네 얼굴이 아닌 다른 얼굴이 있다. 한숨도 못 잤지만 피곤하지 않다. 그녀는 눈에서 도브의 모습을 지우려고 뺨을 가볍게 때린다. 창밖을 바라보며 커피를 마신다. 파리는 죽어 있다. 태양은 차갑게 식었다. 햇볕이 차창이나 가게 셔터를 날름거려 보지만 허사다. 겨울이 살아 있는 모든 걸 고갈시키는 모습을 지켜보며 담배 두 대를 연달아 피운다. 도브, 도브. 두 음절을 불경한 언사처럼 발음해 본다. 그 이름이 나약하고 허망하게 느껴진다.

　오늘 아침은 아스팔트가 목화솜 같다. 0도에 가까운 기온에도 그녀의 몸은 거침이 없다. 그녀를 바라보는 남자들의 시선에는 갈망이, 여자들의 눈빛에는 경계심이 가득하다. 그들의 눈빛이 어딘지 모르게 달라졌다. 한층 강렬한 욕망, 더욱 노골적인 질투가 담겨 있다.

　"경솔한 놈, 어리석은 년." 그녀가 커플을 향해 욕설을 퍼붓는다.

"완전히 돌았잖아, 저 여자!"

그녀는 지하철에서 권태와 되풀이되는 일상, 휴대전화에 고정된 얼굴들을 관찰하며 모르는 사이 얼굴에 붙어 버린 미소를 짓는다. 그 웃음을 지우려고 자기 몸을 세게 꼬집는다. 그런데도 하루 종일 웃음이 떠나지 않고 어제라는 영화는 가장 아름다운 장면을 되풀이해 보여 준다. 칵테일 바의 키스, 빗속 산책, 파리의 다리들, 그의 품, 그의 성기 그리고 마지막 오르가슴. 떨쳐 버리려 해도 다시 생각난다. 기억이 다시 상영되지 못하게 막으려고 고전한다. 필름을 손상시키고, 퇴색시키고, 뿌옇게 만들고, 줄을 그어 오래된 음반처럼 튀다가 소리를 들을 수 없는 지경이 되도록 만든다.

그녀는 기억이 저항하기를, 딱 잘라 내기를, 뇌 밑바닥에 남은 재까지 긁어내기를 바란다. 공포가 경광등을 번쩍이고 사이렌을 울리며 도착해서 이미 위험한 상황이라고, 베이고 상처 입을 줄 뻔히 알면서도 뛰어드는 뻔한 계략이라고 알려 줄 때까지. 끝이 있는 것에 애착을 갖지 말고, 어차피 죽을 거라면 태어나는 감정에 우롱당하지 말자. 죽음은 저 끝에서 기다리며 심장과 희망, 피를 차갑게 식히고 싶어 안달이다. 그 속에 머리를 담그려면 그녀가 바보 멍청이거나, 아무런 경험이 없거나, 순결한 숫처녀에 한 번도 고통받지 않은 사람이어야 할 것이다. 그녀는 안다. 사랑은 러시아 룰렛 게임이라는 것을. 총을 들고 실탄을 장전하여, 빵!

하루가 끝나 갈 무렵 더는 아무도 사랑하지 않을 것이며, 특히

이 옆집 남자 도브는 안 된다고 다짐한다. 그를 만지지도 눈을 쳐다보지도 목소리를 듣지도 않을 것이고, 입술을 맛보는 일도 없을 것이며, 그런 것들이 죽어 가는 몇 시간, 며칠, 몇 달을 기다리고만 있지는 않을 것이다.

2월 23일

칵테일 클럽 이후 아무 소식이 없다. 그는 연락할 시도조차 하지 않았다. 불과 스물여섯 걸음 떨어진 곳에 사는데. 그녀가 세 보았다. 그녀는 하루를 허비하느라 하루를 보내고 집에 돌아온다. 갈림길을 만날 때마다 기다림을 지치게 하려고 더 먼 길을 택한다. 계단을 오를 때면 구두굽 소리를 더 요란하게 낸다. 그가 사는 층에 멈추지는 않는다. 꺼져 버리라지! 원룸 아파트에서 되뇐다. 그는 그녀와 잤다. 그녀는 고문하는 자들이 할 법한 보복을 떠올린다. 카펫에 귀를 대 봐도 아무 소리도 들리지 않는다. 이 건물은 방음 하나는 기가 막히게 잘된다. 그녀는 바에서 말 한마디 안 했지만 그가 속마음을 들여다본 게 분명하다. 그런데도 그녀는 그에게서 욕망, 과감하지 못한 행동, 과장된 말, 서툰 유혹을 느꼈다. 그는 취했고 그것은 그녀를 침대에 뉘기 위한 수작이었다.

그녀는 카펫을 치운다. 정리하고 청소한다. 집 안은 재난 현장, 벼룩시장 같다. 너 이후 침대에도 의자에도 집 안 어디에도 사람을 들인 적이 없다. 그녀의 아파트는 정치범 수용소나 성역 같다.

그녀는 더 이상 사용하지 않는, 사용한 적도 없는 오래된 물건들을 버린다. 뱀 인형은 이불 속에 감춘다. 책상에 몇 달 전부터 쌓여 있던 고지서를 추린다. 유리창을 닦으며 비와 니코틴 얼룩을 지운다. 걸레가 누렇다 못해 갈색이 되었다. 그가 찾아와 문을 두드린다면 한눈에 원룸이 깨끗하다는 인상을 주고 난장판은 보이지 말아야 한다. 그렇게 하면 그녀가 갖지 못한 그의 손톱을 깎을 수 있을 것이다.

다시 네가 나타나서 그녀의 머리를 무겁게 만든다. 너는 대리석 폭군 동상처럼 양손을 허리에 얹고 서 있다. 그녀는 네게 웃음을 보이고 만다. 대학 근처 공원 벤치에서 처음 너랑 잤을 때와 똑같은 웃음, 이제는 주름살과 뒤섞여 버린 그때의 순수함을 보여준다. 그녀는 서랍장의 세 번째 서랍을 열어 손톱이 담긴 병을 어루만진다. 밤 9시다. 롤라는 사랑에 대한 두려움으로 깨끗해진 아파트를 서성인다.

휴대전화가 진동한다. 그녀가 달려간다. 화면에 뜬 이름은 니콜라 프리프렐린이다. 그녀는 이를 악문다.

2월 24일

여전히 무소식이다. 잠도 더 이상 롤라를 찾지 않는다. 그녀는
날이 밝기도 전에 일어나 바나나 한 개와 네스퀵 한 잔을 들이켜
고 집을 나선다. 텅 비어 어둡고 얼어붙은 도시를 걷는다. 한 시
간가량 걸으며 파리천문대 근처와 생미셸거리, 파리 좌안의 뤽상
부르공원, 오른쪽으로 깊숙이 자리 잡은 판테온, 노숙자들이 1리
터들이 적포도주를 그의 까만 발 옆에 놓고 누워 있는 센강 위 버
스 정류장들을 지나친다. 강 건너 루브르박물관으로 가면 어슴푸
레 밝아 오는 하늘 아래 피라미드의 조명이 꺼지고 그녀는 카루
젤개선문의 청동 마상들과 양편에 선 승리의 여신상 아래를 통
과한다.

튈르리정원의 관리인, 유니폼과 모자 때문에 멀리서는 남자 같
아 보이는 그녀가 정원 철문을 천천히 연다. 롤라는 도시의 소외
된 사람들, 관광객, 가족들보다 먼저 넓은 산책길의 뽀얀 먼지를
밟는 첫 번째 입장객이다. 겨울의 태양이 그녀의 등 뒤로 배신자
처럼 떠오르며 보이는 것마다 다갈색으로 물들인다. 마욜(Aristide

Maillol, 프랑스의 조각가이며 화가-옮긴이)의 작품 〈밤〉과 남자들, 풍만하고 나른한 여자들의 조각상이 숨겨진 키 큰 회양목 미로와 일렬로 늘어선 나무들, 콩코르드광장 멀리 보이는 대관람차, 분수 모두 다갈색이 된다.

그녀는 숄로 몸을 감싸고 정원 중앙의 연못 앞에 놓인 긴 의자에 앉는다. 풍경이 변하고 혼잡해질 때까지 꼼짝하지 않는다. 9시가 되자 벌써 뛰어다니며 우는 아이들이 있다. 추운 날씨에도 아이들은 손으로 물을 떠서 만져 보고 뿌리며 흙과 사람들의 신발을 적신다. 그러다가 와플을 먹겠다고 조르자 엄마들이 단호하면서도 부드러운 목소리와 함께 나타나 아이들을 멀리 데려간다. 다른 아이들이 와서 그 아이들을 대체한다. 모든 아이가 같은 생각, 같은 우둔함, 같은 식탐을 가진 양 순환은 계속된다. 엄마 손을 잡고 멀어지는 아이들을 보는 롤라의 눈은 짐승의 이빨, 맹렬한 질투로 가득 찬 구멍 같다.

일흔다섯쯤 돼 보이는 남자가 바퀴가 안쪽으로 살짝 휜 나무 짐수레를 밀며 나타난다. 그는 헝클어진 머리로 돛이 둘 달린 범선 열 척을 싣고 다니는데 붉은색, 초록색, 파란색 돛 가장자리는 접착고무로 감쳤다. 그의 수레에는 끝부분에 해적의 갈고리 같은 쇠갈고리가 달린 긴 막대기도 있다. 그가 낡은 수레를 롤라 오른편에 세운다.

10년 전부터 펠릭스는 연못에 와서 5분간의 바람을 판다. 2유로면 파리의 산들바람 속에 배를 띄우고 한 바퀴 돌 수 있는 것이다. 그에게는 때 묻은 군화와 해진 바지, 물보라와 태양의 채찍질로 생긴 선원의 깊은 주름이 있다. 그러나 이제 그에게 수평선은 샹젤리제거리와 작은 배가 떠가는 것을 지켜보는 아이들의 눈뿐이다.

"그쪽은 진짜 외로워 보이네!" 그가 기관지염 때문에 쉰 목소리로 롤라에게 말을 건넨다.

"그쪽도 사람들한테 엄청 둘러싸인 걸로는 안 보이네요!" 그녀가 받아친다.

노인이 웃는다. 입술이 그가 입은 가죽 점퍼처럼 갈라졌다. "내 이름은 펠릭스! 물어봐도 돼. 여기선 모두가 나를 알아. 꼬마들에게 꿈을 파는 게 내 일이지!"

롤라는 힘없이 고개를 흔든다. 수면 부족과 소식 없는 이웃 남자, 악마의 소음처럼 귀를 때리는 아이들의 비명 소리 때문에 머리는 녹초가 되었다. 펠릭스는 꼬마들이 떼를 지어 작은 배 앞으로 몰려드는 것을 지켜본다. 아이들의 눈이 이글거린다.

"절대로 자라지 말아야 해! 세상을 처음 보는 것처럼 봐야 한다고! 아이들처럼 아무것도 의식하지 말아야 해! 내 말에 맞지 않아?"

그가 롤라 쪽으로 고개를 돌리자 담배와 카페오레 냄새가 입에서 풍겨 나온다. 그녀는 고개를 돌린다. "응, 뭐…… 이런 배를 보고 깜짝 놀라려면 정신이 이상하거나 행복한 바보여야겠죠." 롤라는 입도 안 가리고 하품을 한다.

"어떻게 그런 말을 할 수 있어! 나한테 남은 거라곤 내 배랑 아이들의 웃음뿐인데. 당신, 당신한테는 뭐가 있는데?"

"아무도." 롤라는 다시금 고개를 돌린다.

"당신의 머리카락은 아름다워. 그 머리를 보면 누군가가 떠올라. 원한다면 배를 한번 태워 줄게. 공짜로!"

"됐어요. 바다로 나가기엔 너무 피곤해요. 더구나 5미터짜리 연못이라면 사양이에요!"

늙은 조각가는 쓸쓸한 웃음을 짓는다. 뭐라고 중얼거리며 일어서서 범선 한 척을 들고 물에 띄우더니 쇠고리가 달린 막대로 민다. 그러고는 다시 알루미늄 의자에 앉는다.

"아무리 그렇게 말해도 사람은 어딘가 애착을 쏟을 곳이 필요해." 그가 뱉은 가래침이 정원의 뽀얀 흙에 달라붙는다. 갈라진 목소리로 노래를 부르기 시작한다. "사람은 재산이 없어도, 무일푼이라도 살 수 있지. 하지만 애정 없이 사는 건…… . 사람은 그렇게 살 수 없어. 아니, 아니, 아니, 우리는 사랑 없이 살 수 없…… . 당신 부르빌이 부른 노래 알아?" 그는 추억의 단편처럼 물 위를 떠다니는 작은 범선들을 응시하며 묻는다.

"집어치워요, 펠릭스!" 롤라는 한 손으로 뱃사람의 어깨를 누르며 일어서서 튈르리정원의 바람을 들이마시며 사라진다.

돌아오는 길은 걸음이 급해진다. 도시는 새벽과 딴판으로 변신했다. 사람들은 뛰거나 능장을 부리고, 상점에 들어가서 가득 찬 쇼핑백을 들고 나오고, 보이는 것마다 카메라에 담는다. 버스는 버스 전용 차선을 질주하고 이제 부랑자들은 버스 정류장을 떠나 길바닥이나 더 먼 곳으로 사라졌다. 롤라는 걸음을 멈추고 빵집에 들러 팽오쇼콜라 두 개와 크루아상 두 개, 쇼송오폼과 얇은 파이를 산다.

그녀는 계단을 네 개씩 오른다. 숨을 헐떡이며 도브의 아파트 문을 두드린다. 초조한 마음으로 기다린다. 문을 다시 두드려 봐도 그는 문을 열지 않는다.

그와 함께 먹으려고 산 빵들을 혼자 먹어야 할 것 같다.

2월 25일

　더러운 년! 창녀! 그는 돌아 버릴 것 같다. 그녀가 발길을 끊었다. 다른 놈이 생긴 건가? 어떤 놈이지? 하지만 얼마나 간단한 일인가. 그는 그녀에게 다 줄 테고, 그녀는 부족함이 없을 것이다. 그녀는 그의 여자가 될 것이다. 그녀의 욕망은 넝쿨 같다. 정글의 넝쿨처럼 질기다. 그래도 고통스럽다. 위가 꼬이고 쓰리다. 그녀는 그에게 달라붙어 그를 좀먹는다. 그의 머리를 때린다. 1분도 온전히 그의 것이 아니다. 그녀가 그의 시간과 낮과 밤을 모두 차지해 버렸다. 그녀는 왜 더 이상 오지 않을까? 다른 놈이 생긴 걸까? 그렇지만 누구지? 나쁜 년! 그녀를 저주한다. 아니, 그녀가 아니다. 그가 증오하는 것은 그녀의 부재, 그녀가 남겨 놓은 공백이다. 그녀는 그의 신경을, 끊어질 것 같은 그의 신경을 가지고 논다.

　그는 몇 주 동안 날짜를 셌다. 감옥에 갇힌 수형자처럼 달력에 작은 가위표를 그렸다. 그래도 혹시나 하는 마음에 금요일이면 중요한 날을 위한 식사처럼 양초와 훈제연어가 있는 저녁을 준비했다. 하지만 그녀는 오지 않았다. 나쁜 년! 다른 놈이라도 있나? 하지만 어떤 놈이란 말인가? 그는 음식을 모조리 쓰레기통에 버려야 했다. 뱃속이 그리움으로 가득 차서 먹고 싶은 기분이 아니었다. "무슨 낭비람." 그는 양초가 뜨겁게 타오르는 벙커 속에서 투덜거렸다. 그는 그의 롤라를 속속들이 알고 있다. 그녀는 결국 그에게 돌아올 것이다.

다음번에는 맹세컨대 그녀를 보내지 않으리라. 그녀는 구둣방 아래층, 지하 따뜻한 곳에서 지낼 것이다. 《신 형사(Le Nouveau Détective)》(사회면 기사를 싣는 주간지—옮긴이)에 실린 실화를 읽은 적이 있다. 그는 사랑해서 사람을 잡아 두는 일이 실제로 있다는 것을 안다. 그는 그녀를 보호하고 사랑하고 먹일 것이다. 그녀의 발, 너무나 아름다운 그 발에 키스하리라. 나의 여왕, 나의 아내, 나의 롤라. 두 사람은 행복할 것이다. 더할 수 없이 행복할 것이다.

2월 27일

그녀는 독살이나 저주 같은 계략을 구상하며 르네코티거리의 노숙자 텐트 사이를 걷는다. 오늘로 일주일째다. 정해진 침묵 기한인 3일이 지났다. 그가 그녀를 다시 만나고 싶었다면 그녀 앞에 나타났을 것이다. 남자가 여자를 원하면 행동으로 보여 주기 마련이다. 사고를 당한 걸까? 죽기라도 했나? 아니면 혼수 상태에 빠진 걸까? 그가 죽었다면 좋겠다. 지금까지처럼 추억을 미친 듯이 사랑하고 불가능한 일도 상상 속에서 지어내면 된다.

그녀 오른쪽으로 시큼한 냄새가 지나간다. 욕지기가 날 만큼 지독해서 지나간 자리에 흔적을 남기는 냄새다. 뚱뚱한 사람의 체취다. 거추장스러운 엉덩이, 허벅지와 뱃가죽을 구속하는 청바지가 그녀의 시선을 붙잡는다. 그녀가 남자의 어깨를 두드린다.

"당신 지금 여기서 뭐 하는 거야?" (그녀가 그의 팔을 만진다.)

"뭐라고요?" (남자는 기분이 언짢다.)

"여기서 뭐 하는 중이냐고?" 그녀가 목소리를 높인다.

"음, 딸을 데리러 학교에 가는 길인데, 왜 그러는 거죠?"

"왜냐하면 내가 댁을 원하거든." 그녀가 심드렁하게 대답한다.

"지금 날 놀리는 거요?" 남자가 신중함과 흥분 사이에서 주저한다.

"아니." 그녀는 애써 웃음을 보인다.

건장한 남자가 웃음을 터뜨린다. 가끔 성당에서 장례식을 할 때 들리는, 상황에 맞지 않지만 참기 힘든 종류의 웃음이다.

"뭐랄까 당신은 이상한 사람이군요. 음, 모르겠네요. 전화번호 줄 수 있어요? 아니면 내 번호 줄까요?"(그가 로또의 당첨 번호처럼 숫자를 늘어놓는다.)

"꺼져!" 그녀가 그의 면전에 대고 말한다.

"엥? 하지만……"

"꺼지라고 하잖아!"(그녀의 눈이 분노로 젖어든다.)

"저런 천치를 점잖게 대하다니, 몰래카메라가 분명해!" 얼굴이 벌겋게 달아오른 덩치가 거대한 몸뚱이를 끌고 사라진다.

오늘 저녁 그녀는 보주의 구둣방으로 가서 그녀에게는 기분 전환이 되지만 그에게는 나쁜 짓을 할 것이다. 건물 계단을 오르며 이웃집 남자의 문 앞에서 가운뎃손가락을 쳐들어 벽에 대고 낮은 목소리로 말한다. "대가를 치르게 될 거야." 그런데 갑자기 가슴이 뛴다. 신발털이에 쪽지가 놓여 있다. "저녁 먹으러 올래? 8시 30분에 우리 집에서, 어때? 나 집에 돌아왔어. 도브."

럼과 보드카가 뒤섞여 흐리멍덩한 가운데 시끄러운 칵테일 바에서 그녀는 '런던'이라는 말을 들었다. 하지만 되묻지 않았다. 그는 며칠간 업무 차 런던에 가야 했던 것이다. 그녀는 손으로 얼굴을 가리고 백치처럼 웃다가 달려가서 샤워를 하고 다리털을 면도하고 바닐라 향이 나는 크림을 몸에 바르고 화장을 하고 머리를 매만진다. 빨간 드레스는 그새 어디로 간 걸까? 옷장을 뒤져서 스웨터와 청바지 몇 벌을 카펫에 던지고 구석에 처박힌 빨간색 천을 움켜쥔다.

그는 그녀를 기다린다. 약속 시간보다 30분이 지났지만 그녀는 오지 않는다. 스물여섯 걸음 떨어진 곳에 살면 방심하기 마련이다. 그는 나무 주걱을 들고 첫 번째 냄비에는 다크 초콜릿, 두 번째 냄비에는 화이트 와인, 세 번째 냄비에는 우유를 끓이며 젓고 있다. 우유가 끓기 시작한다. 거품이 나거나 넘치거나 표면에 여린 피부 같은 얇은 막이 생기면 안 된다. 크림마스크 같은 막이 생기면 작은 커튼처럼 걷어내야 한다.

그는 흰 티셔츠 위에 검은 앞치마를 둘렀다. 그 모습이 메탈 주방 기기와 주방 벽에 걸린 갖가지 도구들 속에서 돋보인다. 그의 주방은 승리하거나 패배한 과거의 전투를 기리는 지방 박물관의 무기 전시실 같다. 조리대에는 사이펀 두 개, 짤주머니, 교반기, 작은 볼, 중간 크기의 볼, 큰 볼, 온전한 달걀과 솜씨 있게 깨뜨린 달걀들이 정렬해 있고, 그 옆에는 고수 분말, 산초, 소두구, 육두구, 라임, 레몬, 카피르 라임 같은 향신료가 놓여 있다.

롤라는 5분 전부터 문 앞에 서 있다. 송로 채집 훈련을 받은 개처럼 킁킁대며 문틈으로 빠져나와 복도와 계단으로 사라지는, 초콜릿 향이 실린 증기 냄새를 맡는다. 전에도 한 번 이곳에서 같은 냄새를 맡은 적이 있다. 다른 감각까지 마비될 정도로 강렬해서 걸음을 멈추도록 만드는 냄새였다. 냄새는 코로 들어와서 입천장으로 내려온 뒤 창녀처럼 유혹하며 모든 걸 삼켜 버린다.

그녀는 연극처럼 세 번 노크한다. 그가 문을 열자 보이지 않는 공연의 클라이맥스, 절정이 해일처럼 밀려온다. 그는 팔뚝을 드러내고 누텔라통에 손가락을 담근 아이처럼 입가와 집 안 곳곳에 까만 얼룩을 묻히고는 천연덕스러운 표정을 짓는다.

그는 그녀에게 주방 도구를 보여 주고 난해한 명칭을 들먹이는 동시에 까다로운 작업을 해내면서 자랑스러워한다. 그에게는 놀이다. 그는 그런 남자다. 그는 외과의사처럼 정확하게 조리 도구를 다룬다. 사람의 몸을 수술하듯 귤을 자르고 신중하게 껍질을 벗기고 과육을 긁어낸다. 이 모든 작업을 입에 초콜릿을 잔뜩 물고 해낸다.

롤라는 이 서스펜스 넘치는 연극을 맨 앞줄에 앉아 지켜보는 관객이다. 어린 시절의 냄새 때문에 엄마와 함께 있는 느낌이다. 시간은 달리는 기차의 속도로 지나간다. 검고 완벽한 공 모양이 접시에 담겨 나온다. 도브가 그 위에 김이 나는 초콜릿을 붓자 겉부분이 흰 눈처럼 녹아내린다. 속에는 크림과 거품, 사블레, 이국적인 향료가 들어 있다. 쓴맛과 단맛이 별 세 개짜리 전희처럼 섞인다. 이 순간과 딱 어울리는 디저트다. 그녀는 이웃집 남자를 바라보며 기분이 나른해진다. 그의 태도와 몸에는 어딘지 여성스런 면이 있다. 그는 직선적이라기보다 유연하고 섬세하다.

그가 다가와서 그녀의 목 뒤에 손을 대고 머리카락을 만지며 코를 대고 숨을 들이마신다. 그는 그 냄새와 지금 이 순간을 어디엔가 저장하는 중이다. 그의 호박색 눈 깊은 곳에서 그녀는 청소년기, 반항이 시작되는 시기의 자기 모습으로 돌아간다. 그녀가 연인의 허리를 안고 그의 가슴에 몸을 꼭 붙이자, 목줄을 잡아당기며 개에게 보조를 맞추라고 다그치던 너는 사라진다. 그녀는 밤늦게까지 그와 살을 맞대고 흉터와 점, 타고난 기형 등을 하나하나 살펴본다. 두 사람은 이야기를 나누고 사랑을 나누고 그는 잠이 든다. 롤라는 가방에서 손톱깎이를 꺼내지 않고 그의 집을 나온다.

그녀는 뱀 인형의 붉은 혀를 손가락 사이에 말아 쥔 채 커터로 네 얼굴에 줄을 긋고, 너의 눈을 뽑아서 짓밟고, 비열한 자의 무덤에 침을 뱉듯 네게 침을 뱉는다. 이불 속에서 소용없는 복수를 하며 만면에 심술궂은 미소를 짓는다. 그때 침대 협탁에 놓인 휴대전화가 진동한다. 니콜라 프리프렐린이다. "우리 만나야 해요!"

3월 20일

연애 초기 침대에서 보내는, 말하자면 살을 맞대고 보내는 시간이 다시 시작된다. 사소한 열병에도 이불을 끌어내리거나 팽개친다. 연인은 머리를 베개에 파묻고 두 마리 길쭉한 벌레처럼 지낸다. 정적과 격렬하거나 가냘픈 호흡, 참았다가 가볍게 내뱉는 숨소리만 존재한다. 도브의 면 시트가 마치 섬유처럼 그들의 몸을 감싼다.

그는 롤라의 다리 사이에서 전부 쏟아 내고도 멈추지 않는다. 지금처럼 '여친'에게 '꽂힌' 적이 없었다. 이제부터 그녀는 그의 계획에 포함된다. 이사, 여행, 나이가 좀 있지만 가족까지. 누가 아는가? 그녀는 강렬하고 불안정하고 예민하고 즉흥적이고 광기 넘치고 아이 같고 중도를 모르고 저속하고 난잡하고 비밀스럽고 거짓말쟁이에 변덕스럽고 질투심이 강하고 맹신적이다. 그녀는 그가 좋아하지 않는 모든 요소를 갖췄지만 그는 여행을 할 수 있다. 그녀와 함께 있으면 시간을 거슬러 잃어버린 순수한 과거로 여행을 떠난다. 그는 열 살 때로 돌아간다. 그것은 값을 따질 수 없는 일이다. 그는 아이처럼 신이 나서 그녀에게 자신의 인생과 추억을 털어놓고 지어내기까지 한다. 그는 절벽에서 뛰어내렸지만 죽지 않았다. 열 살에는 바위가 피라미드 모양으로 쌓여 있으니까.

롤라는 단어가 이야기가 되는 걸 듣고 있다. 그녀는 비밀 이야기의 위험과 그것이 만드는 유대감을 잘 안다. 그는 되는 대로 지껄이며 자신에 대해 이야기한다. 지금까지 몇 번이나 자기 얘기를 했을까? 누구와? 하지만 롤라는 그의 모든 말을 삼킬 것이다. 나아가 날짜, 장소, 이름, 소리 하나까지 체계적으로 기록보관소에 넣을 것이다. 너와 있을 때처럼 그녀는 전부 기억할 것이다. 기억의 용량이 꽉 차면 선별해서 공간을 만들 것이다. 네 기억을 삭제하고 다른 사람의 새로운 기억 문서를 출력하고, 그러면 떨려난 너는 전쟁터에서처럼 적의 포탄 아래 죽어 갈 것이다. 반면 욕망이 오랜 고독에서 풀려났으니 그녀는 공허함을 이야기하지 않을 것이다. 쉰 목소리와 눈 속의 오욕에 관해서도, 자동차 바퀴가 그녀의 엄마와 함께 얼마 안 되는 확신과 푸른 꿈까지 앗아 간 사연도 꺼내지 않을 것이다. 스무 살에 네가 그녀를 죽였을 때, 세상이 거꾸로 열리며 그녀의 발아래 심연을 드러냈다는 사실도 침묵할 것이다.

너 이후로 제로, 아무 일도 없었던 것이다. 그녀는 남자들에 대해서도, 손톱에 대해서도 말을 삼갈 것이다. 자신을 따라다니는 환영들도, 알코올 중독인 아버지도, 반쯤 죽은 상태인 낮과 그녀를 생존하게 해 주던 밤들도 침묵 속에 숨길 것이다. 호기심으로 그가 묻는다면 단지 지금 여기에 살기를 원한다고만 말할 것이다. 자연과 사람들, 그들의 생김새, 표정, 키, 체중 그리고 예술이나 수위 아줌마의 틀니와 초콜릿, 사회면 기사, 사소한 것들, 정치 등 그 얘기만 빼고 모든 걸 화제에 올릴 것이다. 정신과 병원을 찾는 환자들처럼 감정을 드러내는 일은 없을 것이다. 그녀는 신비로운 존재가 될 것이다. 신비로움은 흥미를 불러일으킨다. 연애 초기엔 분명 먹힐 것이다. 장담하는데 나중에 보면 안다.

3월 21일

누군가 예고도 없이 도착한다. 그는 당신을 집어삼키는 것, 이미 오래전부터 당신이 전혀 원치 않는 걸 몸속에 지니고 있다. 당신이 애지중지 간직하고 지켰지만 그것은 결국 망가졌고, 당신은 그것을 손톱을 담은 병으로 바꿔 버렸다. 지긋지긋하다. 분명 오해다. 오해일 수밖에 없다. 그 일이 그녀에게 일어났다는 사실을 믿을 수 없다. 그것이 위험하다는 사실을 알고 있다. 알면서도 다시 한번 깊은 사랑이라는 덧없는 천국을 경험하고 싶다.

그녀는 창문을 가린 커튼을 연다. 봄이 시작되는 첫날이다. 그녀의 가슴은 희망과 놀라움 사이에서 망설인다. 창밖의 자연은 선명한 색으로 다시 태어나는 중이다. 그녀는 겨울의 추위와 얼음 아래 땅속에서 자다가 너무 늦게 깬 것 같다. 자연은 도처에서 튀어나오고 터지고 폭발한다. 설욕전을 펼치며 기쁨의 눈물을 흘린다. 새들도 나무 곳곳에서 기량을 발휘한다. 비둘기는 앞 다투어 똥을 싸고 짝짓기를 한다. 그리고 신속하게 알을 낳는다. 봄은 으스대고 거만하며 의기양양하다. 화려하고 천박하고 조금은 저속한 빛깔의 승리의 깃발을 휘두른다. 그래, 맞다, 그것은 이 난장 판에서 휘두르는 어리석은 자의 깃발이다. 그는 시인이 노래한 매미처럼 즐긴다. 즐기다가 비참하게 죽는다.

5월 17일

저녁 8시 5분 여느 때와 같이 마티유 바넷은 구둣방을 닫는다. 그러다가 가게 유리창에 비친 롤라를 발견한다. 그녀는 롤업 청바지에 하얀 가죽 구두를 신은, 외모와 옷차림에 잔뜩 공을 들인 그 한량 녀석의 팔에 매달려 있다. "빌어먹을 보보!"[Bobo, 부르주아의 물질적 실리와 보헤미안의 정신적 풍요를 동시에 누리는 미국의 새로운 상류 계급 '보보스(Bobos)'를 가리키는 말. 최근 IT업계에 종사하는 자유분방한 엘리트 층을 가리키는 말로도 쓰인다.-옮긴이] 분노가 그의 눈을 할퀴어 눈에서 쓰라린 눈물이 뚝뚝 떨어진다. 다시 턱을 들자 도시의 먼지가 잔뜩 낀 유리창에 그의 자갈 피부와 우스꽝스런 몸뚱이, 진실이 보인다. 그는 부끄러운 줄도 모른 채 얼싸안고 히죽거리며 멀어지는 두 사람을 지켜본다. 일부러 그의 눈앞에서 끌어안고 있는 것 같다. 하지만 저 보보 녀석이 그의 롤라에 대해 무엇을 안단 말인가? 그는 그녀가 무엇을 잘하는지도, 다급함과 떠돌이 짐승에 대해서도 아무것도 모른다. 뱃속에서 근심과 분노가 뒤섞인다.

가게로 들어가 망치를 가져오면 된다. 한쪽 끝은 평평하고 다

른 쪽은 날카로운 것으로. 두 사람을 미행해서, 아니 그보다는 귀
가를 기다리는 편이 나을 것이다. 밤이 되면 통브이수아르교차로
는 인적이 뜸하다. 그는 소형 화물차 뒤에 숨어 있을 것이다. 그
리고 어린 시절 햇빛을 받아 금빛 환약처럼 빛나는 도마뱀을 잡
으려고, 즉석에서 가는 풀로 만든 올가미를 손에 쥔 채 몇 시간이
고 기다렸던 것처럼 기다릴 생각이다. 그는 도마뱀을 잡아 두는
데 성공했고 몇 초 후 몸체에서 꼬리가 떨어졌다. 그에게는 막대
한 양의 도마뱀 꼬리 컬렉션이 있었다. 그는 자신의 수집품이 몹
시 자랑스러웠다. 초록색 꼬리가 가득 들어 있는 병을 아이들에
게 보여 주면 다들 경악하면서도 그의 솜씨를 부러워했다. 그 시
절 그의 별명은 보주가 아니라 모험가였다. 친구들은 그를 그렇
게 불렀다. 모험가.

그래, 거기 숨어서 때가 오기를 기다릴 것이다. 그러다가 놈의
뒤로 접근해서 보보, 그 도둑놈을 덮칠 것이다. 망치로 때려서 놈
의 머리를 부숴 버릴 것이다. 싸구려 구두처럼 망치질을 해서 얼
굴을 망가뜨릴 것이다. 그는 쇠망치에 부딪혀 뼈가 딱 하고 부러
지는 소리를 머릿속으로 그려 본다. 사방이 놈의 피로 물들 것이
다. 놈을 결딴내기 직전에 위험 인물인 마피아처럼 귀에 대고 속
삭일 것이다. "잘 들어, 멍청한 새끼야. 이 구역을 지배하는 건 빌
어먹을 더러운 보보 따위가 아니라고." 대사를 반복해서 연습하
다 보니 절로 웃음이 나오고 더 좋은 대사가 떠오른다. "난 너를
죽일 거다, 하잘것없는 멍청아. 지금 네 낯짝이 어떤지 봐라. 얼마
나 볼 만한지. 그리고 롤라, 그녀는 내 거야! 똑바로 들어. 내 거라

고! 죽어라!"

그는 모험가로 불리던 어린 시절의 영광, 화려함을 되찾을 것이다. 그가 가장 강한 남자라는 사실을 그녀는 똑똑히 깨달을 것이다. 그는 그의 롤라를 잘 안다. 그녀는 잘생긴 외모만 좋아하는 쉬운 여자가 아니다. 그녀는 끊임없이 욕망의 대상이 되기를 원하며, 매번 첫 경험의 난폭함을 느끼고 싶어 한다. 두고 봐라, 긴 여행을 마치고 집으로 돌아오듯 그녀는 결국 돌아올 것이다.

6월 25일

내 남자와 만날 약속이 있다. 이 단계에서는 그렇게 말할 수 있다. 그래, 그녀에게는 남자가 있다. 남자 친구. 그는 트렌디한 술집의 만석이 된 테라스 자리에서 그녀를 기다린다. 그림버겐 (Grimbergen, 벨기에 맥주-옮긴이) 한 잔을 마시며 지는 해를 보고 있다. 그녀는 거만한 10대 소녀처럼 그를 향해 걸어간다. 스커트를 입고 맨다리를 드러냈다. 그녀의 남자는 그녀를 위해 자리를 잡아 놓았다. 늦게 온 사람들이 그녀의 의자를 탐낼 때 그는 이렇게 말했을 것이다. "미안하지만 제 여자 친구 자립니다." 그녀는 혀를 내밀어 그에게 키스한다. 자리에 앉으려는데 햇볕에 달궈진 철제 의자가 뜨겁다. 화들짝 일어나서 종업원에게 남자 친구와 같은 음료를 주문한다. "같은 걸로 주세요."

도브가 오른손을 롤라의 왼쪽 다리에 올려놓는다. 그녀는 한 손을 다리 위에 올린 모습을, 고독한 시간이 끝났음을 모두에게 보여 주고 싶다. 롤라는 담배에 불을 붙이고 맥주를 한 모금 마시고 프레첼을 먹는다. 담배 연기와 맥주의 홉, 프레첼의 소금 알갱

이가 입 안에서 뒤섞인다. 다양한 맛이 섞여 기묘하고 강렬하다. 두 사람은 맥주를 연거푸 마시며 시간을 흘려보내고 언제나처럼 취한다. 도브가 호박색 눈으로 그녀를 바라보며 얼굴을 맞대고 속삭인다. "일주일간 단둘이 섬에서 지내는 거야. 비행기표는 이미 끊었고 취소하면 환불해 주는 보험은 안 들었어. 그러니까 거절하면 안 돼!"

그녀는 간신히 웃어 보인다. 남자 친구가 있다는 것과 떠나는 것(멀리, 함께, 벌써), 얼굴을 맞대고 몇 시간 며칠을 보내는 것은 다른 문제이며 그럴 자신이 없다. 그녀가 가진 경쾌함은 여분이 충분치 않아 금세 바닥을 드러낼 것이다. 간신히 몸을 일으켰지만 다리가 덜덜 떨린다. 술집은 텅 비었고 후끈하다. 습기로 벽이 번들거린다. 정글이나 사우나에 있는 것처럼 공기가 끈적끈적하다. 안쪽 구석에서 형광색 작은 알파벳 약자 두 개가 깜박거린다. 여닫이문을 밀고 들어가니 화장실에 악취가 고여 있다. 벽에는 작은 하트나 욕설을 칼로 새겨 놓았다. "마릴린은 창녀이고 사브리나는 매춘부다." 따위의 낙서다.

조금 전의 여러 가지가 뒤섞인 행복한 맛이 지금은 두려운 맛으로 바뀌었다. 씹어서 넘긴 두려움 덩어리는 굳지 않은 석고 반죽처럼 물컹거린다. 그녀는 그것이 구렁이처럼 느릿느릿 목구멍을 따라 기어오르는 것을 느낀다. 곧 밖으로 나올 것이다. 얼른 내보내야 한다. 손가락을 목 깊숙이 집어넣어 편도선을 자극하니 그 구렁이가 툭 떨어진다. 그녀의 덩어리진 두려움이 변기 속으로 빠진다. 그것에서 냄새가 난다. 악취를 풍긴다. 얼굴과 등이 욱

신거린다. 한 손은 지저분한 화장실 벽을 짚고 다른 손은 순간 박동을 멈춘 가슴에 댄다. 변기 레버를 내리자 물살이 수치스러운 덩어리를 휩쓸어 간다. 그녀는 숨을 크게 들이마시고 수도꼭지를 끝까지 돌린다. 신선하게 느껴지는 물을 얼굴과 머리카락, 목덜미에 뿌리고 입 안에 남은 찌꺼기와 이와 잇몸에 들러붙은 짐승의 파편을 헹궈 낸다. 다시 한번 입 안을 헹구고 얼굴을 씻으며 자신의 냄새나는 공포를 감추려 한다. "오케이, 좋아, 무슨 상관이야. 가는 거야!" 화장실을 나와 바텐더에게 그림버겐 두 잔을 더 주문한다. 이제 다시 웃을 수 있다.

7월 10일

베로니크는 상태가 좋지 않다. 걱정하느라 밤을 지새운 탓에 안색이 창백하고 주름져 있다. 늘 더할 수 없이 반듯한 자세를 지켜 왔건만 지금은 화장기 없는 얼굴에 올린 머리는 풀어진 채로 양팔을 털렁거리며 거실 의자에 앉아 있다. 니콜라가 집에 돌아오지 않았다. 외박은 처음이다. 그는 그녀가 알던 남편이 아니다. 다른 남자, 낯선 사람 같다. 그의 눈빛에서 그녀가 그토록 사랑한 신랄함, 명료함, 순수함 같은 것을 더는 찾아볼 수 없다. 지금은 혼란과 뭐라 말할 수 없는 음란함이 감지된다. 불과 몇 주 만에 부부는 아무것도 공유하지 못하게 되었다. 그들의 사랑은 이미 깨졌다. 견고하다고 믿어 온 가옥이 폭풍우에 무너지듯 순식간에 벌어진 일이다.

아무리 생각해도 이런 급격한 변화의 원인이 무엇인지 짐작조차 할 수 없다. 그녀가 구입한 신제품 물티슈, 최고급 청소용품은 그의 사기를 돋우는 데 아무런 효과도 없다. 그의 찡그린 표정을 보면 이제 그런 것들은 혐오감만 주는 것 같다. 니콜라는 병들었다. 될 대로 되라는 식이다. 니콜라는 방 안에 처박혀 시간을 보내고, 그녀는 온종일 그 안에서 할 수 있는 일이 무엇인지 모르겠다. 남편의 몸에서 냄새가 나기 시작하면 그녀가 억지로 욕실에 들여보내야 한다. 구역질 나는 일이다.

어느 월요일부터 사장인 그는 출근하지 않았다. 사무실 열쇠는 말단 직원에게 맡겼다. 언제 복귀할 예정인지 언질조차 없었다. 이따금 그녀는 그가 어린아이처럼 눈물을 쏟으며 외치는 소리를 듣는다. "갖고 싶어, 원한다고!" 빌어먹을, 대체 무엇을 저토록 원한단 말인가? 의사의 처방전을 읽어 보니 이팩사와 자낙스라는 약 이름이 쓰여 있었다. "마음을 강하게 가져야 합니다, 프리프렐린 부인. 남편은 심각한 우울증입니다." 흰 가운을 입은 의사가 말했다. 그녀는 신부에게 털어놓고 싶었지만 수치심은 종종 절망을 이긴다. 더구나 그녀는 성당 결혼식에서 서약하지 않았는가. 좋을 때나 나쁠 때나. 나쁠 때, 지금이 그때라고 베로니크는 생각한다. 그녀가 수녀의 영혼을 소유하고 있지만 신앙심을 잃었다는 사실을 고백해야 할 것 같다. 그녀는 그들 부부의 삶이 이토록 엉망이 될 거라고 한 번도 상상하지 못했다.

베로니크는 집 안을 서성대다 걱정 많은 엄마처럼 커튼을 열고 길모퉁이에 니콜라의 모습이 보이지 않을까 살핀다. 숨을 가쁘게 들이마시고 내쉰다. 덕분에 불안이 약간 가라앉는다. 그녀는 데드라인을 1시로 정했다. 오후 1시. 원목 벽시계를 보니 30분 남았다. 30분 후면 경찰과 병원에 전화를 걸 것이다.

물 한 잔을 가지러 주방으로 간다. 개수대에 접시가 산더미처럼 쌓여 있다. 반만 뜯어 먹은 빵 조각과 역시 반만 비운 요구르트 통으로 조리대가 엉망이다. 쓰레기를 모아서 버리려는데 휴지통이 이미 넘치고 역한 냄새가 난다. 베로니크는 무너진다. 목이 터져라 울부짖는데 문을 쿵쿵 두드리는 소리가 들린다.

　제복을 입은 경찰관 둘이 좌우에서 니콜라를 잡고 서 있다. 그는 바닥 깔개만 보고 있다. 경찰들은 그녀의 남편이 어젯밤부터 오늘 아침까지 술주정꾼을 가둬 두는 유치장에 있었다고 설명한다. 경찰이 라빌레트대로에서 니콜라를 발견했을 때 그는 중국인 창녀들을 집적거리고 있었으며, 포주들이 어린이 성가대원도 아닌 터 또 그러는 날엔 무사하지 못할 거라고 경고한다. 베로니크는 나쁜 일은 끝이 없다고 생각한다.

7월 15일

저녁 6시 15분 롤라는 지하철역으로 들어간다. 지하철을 타고 이동하는 중에도 마음을 들여다보는 듯한 호박색 눈은 그녀와 함께 있다. 그는 롤라의 집 바로 아래층에서 그녀를 기다리고 있다. 그 사실이 위안과 함께 구토증을 일으킨다. 내일이면 그녀는 비행기 안에 있을 것이다.

공항

탑승 수속 카운터에 서 있는 롤라의 안색이 죽은 사람처럼 창백하다. 두 사람이 티켓과 여권을 내밀자 에어프랑스의 지상 근무를 하는 승무원이 인사를 건넸다. "즐거운 여행 하세요." 그들은 여행 가방을 컨베이어 벨트로 올렸다. 가방이 어디로 가는지, 어떤 경로를 거쳐 화물칸에 도착하는지 알 수 없다. 가끔 여행 가방이 길을 잃고 지구 반대편에서 종적을 감추기도 한다.

토하고 싶은 기분은 여전하다. 그녀는 도브에게 면세점을 둘러보고 말보로 한 보루를 사서 20분 후 돌아오겠다고 말한다. 벽면을 가득 차지한 담배 옆에는 거대한 토블론 초콜릿이 있다. 이 삼각 기둥은 대체 어떻게 먹는 걸까? 그녀는 색깔이 선명한, 창녀처럼 볼썽사나운 옷을 입은 XXL 사이즈 초콜릿과 지갑을 비우는 사람들을 바라본다. 그들은 선물 혹은 기념품이 필요하거나, 아니면 단지 할인 판매 중이라 그 제품을 살 것이다.

어떻게 참을까? 혹시라도 도망치거나 사라지고 싶으면? 그녀는 화장실로 달려간다. 건들거리는 화장실 변기에 앉아 핸드백에 숨겨 둔 손톱병을 어루만진다. 그녀는 성당에서 촛불을 밝히는 심정으로 병을 되풀이해 끌어안는다. "흘러가는 대로 내버려 두자. 흘러가는 대로." 얼굴에 물을 살짝 축이고 샤를드골공항의 혼잡한 통로로 나간다. 머릿속으론 교본처럼 되뇐다. 즐기자, 즐기는 거야. 마지막 여행인 듯 그와의 시간을 즐기자.

휴대전화가 새로운 메시지의 도착을 알리며 진동하자 가슴이 철렁한다. 아버지다. 만난 지 오래되었으니 아버지는 딸이 몹시 보고 싶을 것이다. 진저리가 난다! 아버지는 꼭 이런 때 전화를 한다! 음성 메시지에 남긴 아버지의 목소리가 어린아이 같다.

그리스

두 사람은 키클라데스제도(Cyclades, 에게해 남쪽에 있는 그리스령 제도-옮긴이)의 섬 선착장에서 배를 기다린다. 그들은 사마귀처럼 꼼짝 않는 관광객들과 현기증 나는 칼데라 절벽 때문에 산토리니가 별로 마음에 들지 않았다. 물론 산토리니는 고지대에 자리한 파란색 지붕의 하얀 마을 그리고 바다와 맞닿은 하늘이 있다. 하지만 그들이 원한 건 아담한 해변과 소박한 조건이었다. 우둔한 사람들과 챙 달린 모자, 파라솔, 아이스박스 그리고 비치 타월 사이를 뛰어다니며 다리나 눈에 모래를 뿌리는 꼬마들이 없는 곳에서 단둘이 나체로 지내는 것.

두 사람은 여행안내서에서 다른 섬을 찾아보았고, 밀로의 비너스 상 때문에 밀로스섬을 골랐다. 롤라는 플라스틱 의자에 앉아 채소와 치즈를 넣은 샌드위치를 먹으며 빨대로 맥주를 마신다. 도브는 우조를 홀짝거리며 시계를 본다. 그는 다리를 떨고 있다. 그들은 오늘 밤을 보낼 숙소를 예약하지 않았고 섬에는 밤늦게 도착할 것이다. 빈방을 찾느라 호텔을 전전하며 시간과 에너지를 허비할 생각은 없다. 그는 형편이 좋지 않던 젊은 시절 해변에서 아무렇게나 잠들곤 했다. 롤라는 문득 그에게 모험심이 부족하다는 생각이 든다. 그는 절벽에서 뛰어내려도 멀쩡할 사람이라고 생각했는데. 너와 사귈 때 그녀는 아무 계획 없이 어디든 갔다.

롤라는 그와 잠시 떨어져 《루타르(Routard)》(프랑스의 유명한 여행안내서—옮긴이)에서 찾은 아폴론스 룸 리조트의 전화번호를 누른다. 그리고 수영장이 보이는 방으로 이틀 밤을 부킹한다. 코스타스라는 남자가 밤 9시 30분에 빨간색 알파로메오를 타고 아마다스항구로 그들을 데리러 올 것이다.

"좋아, 내가 방을 예약했어. 픽업하러 올 거야." 그녀가 무뚝뚝하게 말한다.

도브의 허벅지는 안정을 되찾고 그가 그녀의 입에 혀를 넣어 키스한다. 페리가 경적을 길게 울리자 두 사람은 술집 테이블에 술잔과 팁을 내려놓는다. 아스팔트 위로 천천히 여행용 캐리어를 끌고 가는 그들의 눈앞에 멀리서 다가와 정박하는 배가 보인다. 중간 크기의 배다. 선체에 진한 분홍색으로 "Seajets"라고 쓰여 있다. 쾌속선이다. 두 사람은 이탈리아인, 영국인, 그들과 같은 프랑스인 커플과 함께 배에 오른다. 에게해에 그리스인 휴양객은 없다. 승객들은 낑낑대며 여행 가방을 짐칸에 집어넣는다. 젊은 선원이 가방과 캐리어를 벨트로 고정한다.

"엄청나게 흔들릴 거라고!" 한 손에 맥주를 들고 비틀거리며 통로를 걸어가던 영국 남자가 큰 소리로 외친다. 그는 도브가 눈치 채지 못하게 롤라를 곁눈질하며 외설스러운 입 모양을 한다.

롤라는 습관적으로 웃음을 짓다가 가운뎃손가락을 들어 올린다. 승객들은 자리를 잡고 창문으로 페리의 선체에 부딪치는 파도를 바라본다. 키클라데스제도에 부는 바람은 고약하다. 배를 거세게 때리며 배와 위장을 뒤집어 놓는다. 멜테미(Meltemi, 지중해 동부 그리스와 소아시아 지방에서 4월에서 10월에 걸쳐 북쪽에서 불어오는 계절풍-옮긴이) 가 바다와 바다 위를 겁도 없이 여행하는 이들을 호령한다. 이어진 세 시간의 여정이 탑승객 전원의 위장을 함락시킨다. 그들은 변기 옆, 선실 바닥 등 장소를 가리지 않고 토하며 추상표현주의 화가가 캔버스에 물감을 뿌리듯 토사물을 내뿜는다. 선실의 잭슨 폴록이라고 할까.

영국 남자가 배를 움켜쥐고 화장실로 향한다. 롤라가 자세히 보니 그의 피부는 분홍색 대형 소시지 같다. 최악은 그의 눈인데, 어리석음이 애인에게 붙은 늙은 정부처럼 들러붙어 있다. 그녀의 심장이 복서가 되어 아드레날린과 환멸이 담긴 주먹으로 가슴을 때린다. 그녀는 가방에 손을 집어넣고 손톱이 든 병을 만진다. 병을 쓰다듬는다. 구토가 치미는 척하고 영국 남자를 따라 화장실에 들어간 다음 최소한으로 후딱 해치우고 그의 손톱을 자를 수도 있을 것이다. 그런 생각을 하는 순간 도브가 그녀가 좋아하는 애무를 한다. 얼굴을 그녀의 헝클어진 긴 머리카락에 파묻는다. 강력한 멜테미의 생존자는 단 두 사람, 그녀와 그다.

알파로메오의 운전석에는 빛바랜 금발과 백발이 섞인 긴 머리 남자가 약속대로 그들을 기다리고 있다. 창문은 모두 열어 놓았고 백미러에는 노란색 작은 트리가 대롱대롱 매달려 있다. "웰컴, 코스타스라고 해요! 배 여행 어때요? 센 바람? 하하!" 그는 차에서 내려 낚시 장비로 꽉 찬 트렁크에 두 사람의 짐을 싣는다. 속사포처럼 떠들며 차를 출발해서는 직선이라곤 없는 구불구불한 도로를 빠르게 내닫는다. 뒷좌석에 앉은 롤라와 도브는 밀로스 섬의 칠흑 같은 밤에 늙은 어부의 이야기를 들으며 아이처럼 키득거린다.

방은 말 그대로 *nice and clean*, 깨끗하다. 가구도 침대와 테이블, 의자 두 개, 작은 냉장고 하나가 전부다. 창문 오른쪽 벽에는 섬의 아름다운 풍경을 묘사한 조악한 그림이 걸려 있다.

야외 바는 손님은 몇 안 되고 멜테미가 미친 듯이 불어 댄다. "*라키*(raki, 터키와 그리스에서 마시는 증류주-옮긴이) *한잔 할래요?*" 코스타스는 냉장고에서 플라스틱 병을 꺼내더니 작은 잔 세 개에 투명하고 진한 액체를 따른다. 세 사람은 65도짜리 술을 단숨에 들이켠다. "홈메이드예요." 코스타스가 다시 잔을 채운다. 그는 두 사람에게 바닷가의 거북 정원을 보여 준다. 거북들은 하루 종일 그곳에 올라와 괴상한 소리를 질러 댄다고 한다. 두 사람은 그곳에서 파도와 바람 소리 그리고 *테스투도그래카*(Testudo graeca, 그리스 땅거북-옮긴이)의 울음소리를 들으며 잘 지낼 것 같다. 내일은 스쿠터를 빌려서 섬이 어떻게 생겼는지 보러 갈 것이다.

코스타스는 다시 라키를 따른다. 늙은 어부는 재정 위기에 대해 이야기한다. 이곳은 육지와 사정이 다르고 힘들긴 했지만 롤라와 도브 같은 관광객과 검은돈 덕분에 잘 극복하고 있으며, 섬 사람들은 고기잡이를 하고 법과 국가 따위는 무시하며 또한 행복하다고 말한다. 그는 지도를 펼쳐 놓고 펜으로 놓치지 말아야 할 해변마다 십자 표시를 해 준다. 두 사람은 라키에 취했고 날씨는 온화하다. 팔꿈치를 나무 카운터에 괴고 얼굴에 계절풍을 맞으며 술값을 치르려고 하지만 이곳에서 술은 공짜다.

만취한 롤라는 그녀의 남자에게 안겨 잠이 든다. 꿈속에서 영국인 남자가 그녀 주변을 얼쩡거린다. 도브는 입술을 그녀의 가슴 한쪽에 올려놓고 밤새 달팽이처럼 침을 흘린다.

테라스가 바다를 향하고 있다. 아침 식사로 커피와 식빵, 홈메이드 케이크, 프로마주 블랑, 시리얼 그리고 기괴한 거북의 울음소리가 곁들여진다. 그녀는 스쿠터를 몰고 사람의 발길이 닿지 않은 작은 만을 찾아, 그곳에서 그가 그녀를 사랑해 주면 좋겠다고 생각한다. 도브가 헬멧을 씌워 주자 롤라의 심장이 얼어붙는다. 이런 순간은 너의 것이고 그것은 두 사람이 누리던 즐거움이기 때문이다. 그러나 너는 호박색 눈과 퉁명스러운 바람에 굴복해 사라진다. 그녀는 스쿠터 뒷자리에 올라 그의 허리를 꼭 안으며 그들이 연인 관계임을 분명히 한다. 이제 흘러가는 경치를 바라보기만 하면 된다. 풀 한 포기 없는 땅, 오두막집, 비쩍 마른 암염소들이 있는 농가와 해안절벽을 바라보는 건축가의 별장, 모래사장 그리고 또다시 펼쳐지는 해안들 그리고 자갈길 그리고 마침내 아무것도 없다. 바싹 마른 나무 아래 스쿠터를 세우자 롤라는 세상과 동떨어진 안온한 곳에 들어온 느낌이다.

태양이 폭탄 같다. 햇볕이 피부에 내려앉는 게 아니라 장작처럼 피부를 태워 버린다. 도브는 바지와 티셔츠로 가린 부분을 제외하곤 온몸이 빨갛게 그을렸다. 지금은 얼굴이 창백해져서 말벌 떼에 포위된 관광객답게 벌에 쏘이지 않으려고 버둥거린다. "난 알레르기 체질이란 말이야." 그가 롤라의 웃음을 멈추게 하려고 외친다. 그녀는 도브처럼 벌을 싫어한 엄마를 떠올린다. 엄마는 벌 한 마리만 마주쳐도 카페 테라스든 길 한가운데든 아무데서나 미친 듯이 팔을 휘두르며 비명을 질러 댔다.

비탈길이 끝나는 곳에는 지중해판 작은 에트르타(Étretat, 프랑스 노르망디 지역의 해안 도시. 기이한 모양의 절벽으로 유명하다.-옮긴이)가 소금과 세월에 깎인 아치 형태의 암벽 다리 두 개를 바닷물에 담근 채 우뚝 솟아 있다. 모래는 곱고 따뜻하고 하얗다. 비시(vichy, 흰 바탕에 체크무늬가 있는 천-옮긴이)처럼 두 가지 색으로 이루어진 풍경 속에서 도브는 파란 지중해에 발을 담그고 꼼짝하지 않는다.

롤라는 혼자서 알몸으로 해수욕을 한다. 헤엄을 치자 드넓은 에게해가 허벅지 사이로 밀려든다. 밀로스섬의 투명한 바닷물 속으로 바위와 해초, 물고기 그리고 흐느적거리는 그녀의 갈색 다리가 보인다. 배영으로 자세를 바꾸자 바다가 귓속에 들어온다. 바다는 귓속에 자리 잡고 뇌를 가득 채우고 그녀의 머릿속에서 우글거리던 유령들을 내보낸다. 표류하고 미끄러지듯 움직이는 몸이 하나로 연결된다. 팔과 배, 성기, 머리와 나머지 몸 전체가 천천히 연결되는 느낌이다. 그녀는 몇 주 혹은 그보다 훨씬 긴 시간 바다 위를 떠도는 기괴하면서도 아름다운 유목(流木) 같다. 바다는 그녀를 운반하고 노처녀는, 오랫동안 짝이 없는 여자를 사람들은 그렇게 부른다. 자신이 어린 소녀인 줄 아는 이 노처녀는 사라지기 시작한다.

그녀는 모래 위를 걷는다. 모래알이 발가락 사이로 빠져나간다. 롤라는 도브의 붉게 그을린 피부 위로 몸을 길게 뉘고, 두 사람은 수컷이 암컷 뒤에서 교미하는 딱정벌레 같은 체위로 사랑을 나눈다. 그들은 지금 몹시 허기지지만 먹을 거라곤 서로의 살갖밖에 없다. 불타오르던 태양은 이제 노란 오렌지색 호랑이 옷으로 갈아입고 세상에 따뜻하고 관능적인 온기를 내려놓는다. 두 사람은 길이 어디로 통하는지 모르는 채 되는 대로 아무 데로나 달린다. 그 길로 가면 분명 스낵 바와 접이의자가 있을 것이다.

해안은 700미터 길이의 완벽한 아치 모양이다. 바다는 해변에 수천 개의 조개껍데기를 쌓아 놓았다. 조개껍데기들은 바다 마을 만드라키아의 모래사장에 살구색 생선 가시를 그려 놓았다. 그곳에는 술집도 선탠용 의자도 없는 대신 배를 넣는 파란색 차고들과 무모할 만큼 바다를 향해 튀어나온 집 몇 채가 있다.

경치에 매료되지 않는 롤라도 그 아름다운 풍경에 말을 잇지 못한 채 내밀한 기쁨이 몸에 스며드는 것을 느낀다. 그녀는 조용히 육체의 평온을 맛본다. 가드를 내리고 무장을 해제하고 투항하는 그녀는 행복하다. 그녀는 바로 거기, 그녀가 있어야 할 자리, 물속에 부서지는 태양을 바라보며 도브의 품에 안겨 있다. 그는 롤라를 꼭 끌어안고 그녀를 약속처럼 지키며 그녀의 엉킨 머리카락을 입에 물고 침으로 적시며 바다의 소금기를 맛본다. 롤라는 모래사장을 어루만지는 파도의 포말을 바라보며 엄마를 생각하는데도 고통스럽지 않다. 그녀의 상상 속에서 엄마는 밀짚모자를 쓰고 머리카락을 등에 찰랑거리며 바다 마을의 작은 해변을 걷고 있다.

그러나 하늘에서 폭탄처럼 우르릉대는 소란스러운 곤충 떼가 등장하며 평화로운 모습은 사라진다. 곤충들은 입에 달린 거대한 관을 암술에 닥치는 대로 찔러 넣는다. 꽃들과 교미하며 먹어 치우고 강간하는 것처럼 보인다. 그들은 식인귀, 광란에 사로잡힌 짐승 같다. 태양이 수평선을 스칠 때, 바로 그때가 검은 나비와 미치광이 자벌레 나방, 꼬리박각시가 나타나는 시간이다. 그들의 이름은 곧 사형 집행을 의미한다. 스핑크스의 죽은 자[꼬리박각시는 프랑스어로 Moro-Sphinx, 발음상 mort au Sphinx(스핑크스의 죽은 자)와 같다.-옮긴이]. 롤라가 그들을 뚫어지게 쳐다본다. 스핑크스의 죽은 자를. 내밀한 기쁨은 그녀를 떠나고 이제 이곳에 아름다움은 없다. 행복은 놀림감, 걸핏하면 얻어터지는 동네북이다. 나방은 까마귀 떼처럼 그녀의 머리 위에서 춤을 춘다.

이곳을 벗어나 그들의 붕붕대는 금속성 소리가 들리지 않는 곳으로 도망쳐야 한다. 그녀는 손가락으로 귀를 막으며 비명을 지르고 도브는 깔깔대며 벌떼 사건의 앙갚음을 한다. 롤라는 꼬리박각시가 무섭다. 그들은 그녀와 너무 닮았다.

롤라는 만드라키아 해변에 가방을 두고 왔다. 가방에는 랩스커트와 선글라스 그리고 손톱을 넣은 병이 들어 있다. 새벽 3시에 소스라쳐 일어났을 때 그녀는 무언가 깨졌다는 사실을 깨닫는다. 스쿠터 열쇠를 들고 나가 더운 여름밤의 밀로스섬을 넋이 나간 사람처럼 돌아다닌다. 길을 잃고 여기저기를 헤매도 바다 마을을 찾지 못한다. 내일이면 두 사람은 파리로 돌아가야 한다.

그리스는 그녀의 일부를 훔쳐갔다. 그녀는 그들을 잊고, 간단히 잊어버리고 모래사장에 두고 왔다. 그녀를 거쳐 간 남자들과 그들의 손톱, 그녀의 소유였던 작은 찌꺼기들을 망각한 것이다. 그녀는 잊어버렸다.

7월 22일

그들은 배, 비행기 두 번 그리고 택시로 갈아탔다. 그리스의 섬
여행은 긴 여정이 요구된다. 그리스의 섬들은 쉬운 여자가 아니
지만 어려움을 감수하고 찾아갈 가치가 있다. 때로는 섬을 떠나
는 일도 쉽지 않다. 섬이 당신을 놓아주지 않기 때문이다. 멜테미
는 사람들을 섬에 붙잡아 두고 페리를 항구에 정박시킨다.

섬은 돌아온 뒤에도 숙취를 남긴다. 섬의 어떤 장소, 누군가, 어
떤 것이 머리를 괴롭힌다. 이곳은 바람이 약하다. 머리카락이 부
푸는 일도 없다. 대기는 얌전하지만 더럽다. 게으르게 누워 있거
나 말없이 바라볼 곳도 없고 소실점, 바다, 수평선도 없고 이제 손
톱도 없다.

이곳에는 경적 소리와 욕설, 소음기, 굴착기, 레일을 달리는 기
차 소리, 학교 운동장과 농구장에서 들리는 아이들의 고함 소리,
교회 종소리, 개 짖는 소리, 소방차·경찰차·구급차의 사이렌 소
리, 손을 흔드는 승객들로 가득한 유람선, 버거킹 앞에 줄 선 사람

들, 시위대, 버스나 전철을 타려고 뛰는 사람들, 서로 떠미는 인파, 거리에서 죽어 가는 자들과 혼자서 중얼거리거나 노발대발하는 노파와 싸우는 사람들, 구경꾼, 사람을 때리고, 땅에 침을 뱉고, 쓰레기를 뒤지고, 울고 있는 사람들, 똑바로 걷지 못하는 사람들, 지하철 냄새, 하수구 냄새, 센강과 생마르탱운하의 탁한 냄새, 즉 파리가 있다.

롤라는 도시의 소음과 난폭함을 피해 도브의 피부에 찰싹 달라붙어 있다. 그 모습이 자신을 입양하여 고독에서 구원해 주기를 바라며, 미래의 주인을 혀로 핥으면서 동정심을 불러일으키는 동물보호협회의 유기견을 연상시킨다.

구둣방에서는 보주가 두 주먹을 불끈 쥐고 롤라를 노려본다. 지금 그녀는 잔뜩 그을린 피부를 하고 구운 칠면조처럼 으스대며 걷고 있다! 저 졸부 녀석이 바다로 놀러 가는 비용을 댔겠지! 저게 내 롤라의 진면목이라니. 고급 창녀! 그녀의 관심사가 오직 돈뿐이라는 사실을 짐작했어야 하는데. 확실하다. 이제 그녀는 구두를 공짜로 수선받을 필요가 없는 거다! 다른 놈이 수십 켤레씩 사 줄 테니까.

이제야 왜 그녀가 저녁 식사를 한사코 사양했는지도 납득이 간다. 롤라 마님께서는 진수성찬이 아니면 안 되는 것이다! 나 따위는 이포포타뮈스(Hippopotamus, 파리의 스테이크 전문 패밀리 레스토랑—옮긴이)에서 저녁을 대접할 능력이 안 된다는 거지! 잡년! 나중에 보보 놈이 그녀를 버리면 깨달을 거다! 지하실에 와서 눈물이나 흘리지 마시지. 끝이니까!

바넷은 이로 손톱을 물어뜯어서 롤라에게 뱉는 것처럼 바닥에 뱉어 버린다. 마티유, 이제 그가 할 일은 상냥하고 얌전한 신붓감을 찾아 여동생처럼 에피날에서 결혼식을 올리는 것이다.

1년 후

두 사람은 이제 여덟 살도, 스무 살도 아니다. 서로가 제 나이로 보인다. 그는 집에 돌아오면 불을 켜는 것처럼 TV를 틀고 어둠과 정적 혹은 권태를 잠재운다. 그리고 휴대전화로 카드놀이나 전투 게임을 한다. 그녀는 가끔 그가 욕하는 소리를 듣는데 게임을 하다 한 판 졌거나 죽었기 때문이다.

우버 택시를 타고 드라이브를 하거나 칵테일 바에 가는 일은 더 이상 없다. 그는 그녀를 두 사람의 '구내식당'이 된 통브이수 아르거리 끄트머리의 식당에 데려간다. 그들은 그 식당의 메뉴를 외울 정도로 잘 알며 거의 모든 음식을 먹어 보았다. 그는 식사 후에 입으로 소리를 내는데, 분필로 칠판을 긁는 것처럼 참기 힘든 마찰음이다. 그것도 모자라 혀를 입천장에 붙이고 짧게 여러 번 공기를 빨아들이며 잇새에 낀 음식물 찌꺼기를 제거한다.

그녀는 두 사람의 1주년을 축하하기 위해 그에게 일본산 칼을 선물했다. 주방용품점에서 고른 것이다. 롤라는 강화유리에 실리콘 틀을 씌운 도마 사이를 오가며 상점을 한 바퀴 돌았다. 그는 이런 종류의 상점을 좋아하는데 이곳에서 파는 스테인리스 스틸 냄비, 교반기, 식기 세트는 터무니없이 비싸다. 그녀는 디자이너가 만든 검은 칼집에 꽂힌 세라믹 칼을 선택했다. 캔버스의 예술가 사인처럼 손잡이마다 이탤릭체로 산도쿠라고 새겨 놓았다. 그는 선물을 받고 무척 기뻐했다. 일요일이면 실리콘 카바이드로 만든 초록색 돌에 산도쿠들을 간다. 그는 레서피를 준비하고 채썰기, 깍둑썰기로 채소를 손질한다. 더 잘게 다지는 법도 익혔다. 늘 초콜릿으로 디저트를 만들기 때문에 그녀가 살다시피 하는 그의 아파트에는 이 달콤하면서도 쌉쌀한 냄새가 머리카락이며 옷가지에 배어 남아 있다.

그는 맥주를 마시러 나가고 싶은 마음이 없다. 여름이라 밖이 덥다. 그는 롤라에게 담배를 창가에서 피우든지 환기를 하라고 요구한다. 그녀의 몸에 손을 안 댄 지 일주일째다. 일상이 몸과 몸의 대화를 이긴 7일이다. 조금 전 그녀가 옷을 벗은 채 침실에서 주방으로 다시 주방에서 서재로 어슬렁거리는데도 저녁 8시 이후 고개도 들지 않았다.

함께 사는 남녀의 삶이 모두 이런 걸까? 설거지를 하고 장을 보고 식사를 하는 가망 없는 싸움인 걸까? 예전에는 욕망 때문에 함께 있던 침대에서 이제 잠만 잘 때 커플은 무엇이 되는 걸까? 지금 그 침대에 누운 건 너무 가깝거나 너무 먼 다른 사람일까? 신비감이 사라진 그의 피부인 걸까. 그와 그녀는 서로의 피부를 속속들이 알고 있다. 서로의 몸에 난 점을 여러 번, 아마도 천 번쯤은 세어 본 것 같다. 두 사람이 함께 잠만 잘 때 커플은 무엇이 되는 걸까? 남은 것이라곤 롤라의 얼굴에서 풍기는 너무 강한 화장품 냄새와 무력함 그리고 침대 협탁의 전등을 끄자마자 시작되는 도브의 코 고는 소리뿐이라면?

그녀는 불쾌하고 퉁명스러운 여자가 되었다. 그의 모든 행동과 말, 표정을 감시한다. 언젠가부터 그가 손톱을 피가 날 때까지 물어뜯고 거스러미까지 잡아당기며 제 몸을 갉아먹는다는 사실을 알아챘다. 두 사람은 섹스도 충분히 하지 않는다. 그녀는 그의 욕망이 시들하다고 느낀다. "더 이상 나를 원하지 않는 거야? 다른 여자가 생긴 거지? 누구야, 빌어먹을!" 그는 피곤한 표정으로 너밖에 없다고 대답한다. 좀 피곤할 뿐이라고. 사랑한다고.

잠을 잘 수가 없다. 그를 밀어 봐도 소용없다. 주의를 줘도 멈추지 않자 이불 속에서 그를 발로 걷어찬다. 그는 투덜대면서 돌아누워 콘서트를 시작한다. 그녀는 아버지 옆에서 자는 기분이 든다. 목구멍과 코에서 나는 이 소음은 오래된 고문이다. 이웃집 남자의 침실을 나와 위층으로 올라간다. 자신의 원룸 아파트에서 고요와 평화 그리고 낡은 뱀 인형을 되찾는다. 너를 생각하지 않은 지 오래됐다. 그녀는 너의 품에 안겨 잠이 든다.

꿈

센강에 닿을 것 같다. 그녀는 맹금류처럼 날고 있다. 톰 요크
(Thom Yorke, 그룹 라디오헤드의 리드싱어이자 작곡가-옮긴이)의 목소리가
파리를 감싼다. "난 승승장구하고 있어. 이번엔 내 운명이 달라질
것 같은 느낌이야." 그녀는 생루이섬을 지나 철제 시계가 있는 성
당 앞에서 멈춘다. 시곗바늘이 저녁 7시를 가리킨다. 그녀는 연이
어 다리 밑을 지난다. 밤을 향해 달아나는 하늘은 붉은색과 황금
색을 토하며 불탄다. 노트르담은 석양에 반짝거리고 유람선은 수
면에 흉터를 남긴다. 롤라는 이제 지붕과 안테나숲 위를 날고 있
다. 자신이 사는 죽은 도시를 내려다본다. 그 도시의 도로에는 사
람이 한 명도 없다. 이상할 정도로 텅 빈, 세상의 종말이다. 톰 요
크도 입을 다물고 갑자기 그녀에게 마음의 문을 닫는다. 더 이상
앞으로 나아갈 수가 없다. 시커먼 덩어리가 하늘을 뒤덮는다. 시
커먼 덩어리는 점점 가까워지며 으르렁대고 바람을 일으킨다. 바
람은 분노를 일깨우고 롤라를 커다란 소용돌이 속으로 휩쓸어 간
다. 그녀는 추락했다가 다시 솟구치고 다시 떨어진다. 폭풍은 새

총을 갖고 놀듯 그녀의 몸을 가지고 장난친다. 번개가 폭탄처럼 쏟아지고 파리가 불탄다. 후드를 뒤집어쓴 아이들이 환희에 차서 혼돈과 불길 속을 뛰어간다. 작은 그림자 부대, 그들에게는 얼굴이 없다. 기둥에 발이 묶인 사람들은 거꾸로 매달려 흔들거린다. 악동들은 깔깔거리며 매달린 사람들의 뺨을 손톱으로 찔러 댄다. 큰 공깃돌만 한 우박이 떨어져 에펠탑이 파괴되고 수천 개의 고철 덩어리가 된다. 센강은 범람하는 강물을 길에 토해 놓는다. 롤라는 바람에 휩쓸려 콩코르드광장에 서 있는 오벨리스크의 금빛 꼭대기까지 날아간다. 어딘지 모를 곳에서 날아온 자갈과 유리 파편이 파리와 그녀의 몸을 갈기갈기 찢어 놓는다. 산산조각 난 롤라의 몸이 파리의 검은 물속에 잠기면서 꿈은 끝이 난다.

일요일

도브는 흥분해서 어쩔 줄 몰라 했다. 그는 '말도 안 되는 계약'을 따냈고 캘리포니아주 마운틴뷰의 구글사로 떠났다. 롤라에게는 사흘에 한 번 꼴로 연락한다. 개자식. 그의 문자 메시지는 짧고 미적지근하다. 다른 여자랑 자는 게 틀림없어! 미국 여자일까, 아니면 그 아담한 수습사원, 열아홉 살도 안 된 애랑! 틀림없다. 그는 흥청대며 술을 마시고, 여자들을 유혹하기 위해 가진 돈을 모두 털어 술을 살 것이다. 롤라는 자신이 머스탱 옆에 세워 둔 벨리브(Vélib', 프랑스의 공공 대여 자전거-옮긴이)처럼 느껴진다. 그는 돌아오는 비행기표를 바꿔 일정을 2주 더 연장했다. 질투가 석회처럼 굳은 심장에 불을 지른다.

그녀의 목구멍 깊은 곳에서 마늘이나 생양파를 먹었을 때처럼 역겨운 맛이 난다. 악취가 혀에 배어 없어지지 않는다. 끝났다. 그는 그녀를 더 이상 사랑하지 않는다. 애처럼 겁도 없이. 머릿속에서 이런 질문이 머리 아프게 그녀를 따라다닌다. '그는 나를 얼마나 사랑하는 걸까?' 그녀는 기억의 보물 창고를 뒤져 위안거리를 찾아보려 한다. 그날 그의 시선, 그녀의 손에 자신의 손을 얹던 방식, 그가 건넨 편지의 단어, 그가 선물한 팔찌, 호탕한 웃음. 그 고약한 질문을 누르기에는 너무 가벼운 것들이다. 그는 나를 여전히 사랑할까? 결심했다. 그녀는 그의 다음 문자 메시지에 답하지 않을 것이다. 지구 반대편의 이 침묵에 그가 반응을 보일지 두고 볼 것이다.

롤라는 오랜만에 되살아난 악의로 활기를 띤다. 비소를 먹고, 삽으로 찍히고, 총알을 머리에 맞고 그녀에게 살해당하는 그의 모습을 상상한다. 그녀를 잃고 정신이 나간 불쌍한 머저리 같은 그의 모습을 떠올린다. 고래고래 고통을 호소하며 속은 셈치고 한 번만 받아 달라 애원하는 그의 목소리가 들린다. 지겹게 반복되는 스토리다. 너와 만날 때도 똑같았다. 그녀는 수천 번 마음에도 없는 결별을 연기했고 수천 번 다시 만났다. 그러나 결국 너의 검은 눈을 다시는 보지 못했다. 오직 너의 그림자만 도형수의 짐처럼 그녀의 등에 매달려 있다.

그녀는 욕실로 들어가 고양이 얼굴이 그려진 상자를 뒤진다. 즐겨 바르던 색조들을 찾아내 얼굴에 진한 화장을 한다. 타원형 거울을 보며 미소 짓는다. 주량만큼 술을 마시고 싶다. 남자를 하나, 둘, 아니 세 명쯤 골라서 밤길을 배회하며 섹스를 즐길 것이다. 돌아가면서 세 남자 모두와 자고 싶다. 공포와 시간을 죽이려면 부대 하나가 필요할 것 같다.

그녀는 상의 주머니에 손톱깎이를 넣고 집을 나선다. 자르댕 바 앞에서 모모와 마주친다. 체중이 20킬로그램이나 불어서 다른 사람 같다. 살짝 미소를 지었지만 이야기는 나누고 싶지 않다. 그 녀는 하이힐 굽 소리를 내며 파리를 걷고 싶다. 머릿속에서는 바 다 마을의 꼬리박각시 나방과 그들의 흡관에서 나던 금속성 소음 이 맴돈다.

지저분한 유리창 너머에서 보주가 커다란 망치로 구두를 때리 고 있다. 그녀는 빵집 진열장의 케이크를 바라보듯 침을 흘리며 그를 바라본다. 손을 흔드는데도 그는 알아채지 못한다. 그녀는 다시 길을 걷다가 고몽파테영화관으로 들어간다.

롤라는 크게 고민하지 않고 멜로 영화를 선택한다. 구석진 자 리의 두 남자 사이에 앉는다. 그들은 영화에는 눈길도 주지 않고 그녀의 다리만 쳐다본다. 어두운 영화관에서 그녀는 양손을 사용 한다. 곧이어 무릎을 꿇고 스크린을 등진 채 입으로 오른쪽, 왼쪽 을 번갈아 오간다. 잠시 후 고개를 들자 남자들의 얼굴에는 절정 에 도달한 만족감이 보이고 극장 전체는 눈물을 흘리고 있다. 재 빨리, 아니 너무 급히(이제는 늘 하는 일이 아니므로) 손톱을 자르려다 살점이 떨어진다. 두 남자 중 하나가 비명을 지른다. "쉿." 관객들 이 주의를 준다. 영화관을 나오려는 롤라 때문에 한 열 전체가 흐 트러진다. "맙소사!" 화가 난 노파가 소리친다. "닥쳐!" 롤라가 응 수한다. 그녀는 피가 묻어 벌건 두 남자의 손톱을 주머니에 넣고 집으로 돌아온다.

그녀는 침대에 누워 전처럼 낡은 뱀 인형을 끌어안는다. 그는 그녀를 얼마나 사랑할까? 여전히 사랑하기는 할까? 휴대전화가 진동한다. 그이기를 희망하며 전화기를 집어 든다. 그러나 또 아

버지, 그녀의 술꾼 아버지다! 요즘은 매주 일요일마다 전화가 온
다. 그녀는 아버지를 한 달, 아니 두 달은 더 기다리게 할 작정이
다. 용서는 시간이 걸리는 법이다.

일요일

　그는 저녁 8시 샤를드골공항에 도착할 예정이다. 그녀는 마음
이 혼란스럽다. 샤워를 몇 번이나 하고 귀부인처럼 귀 뒤에 향수
한 방울을 떨어뜨리고 아이라이너로 파란색 눈을 강조하고 손가
락으로 립글로스를 입술에 펴 바른다. 무릎 바로 위 길이의 몸매
가 드러나는 어두운 색 원피스를 고른다. 그가 선물한 것이다. 발
에는 발끝이 드러나는 오픈토 펌프스를 신는다. 발톱은 잘 다듬
어서 빨간색 매니큐어를 발랐다. 그녀는 의자에 앉아 있다. 도착
까지 한 시간 남았다.

　그녀는 기다리고 담배를 피우고 하는 일 없이 시간을 죽인다.
예수쟁이가 구세주를 기다리듯 그가 돌아오기를 기다린다. 기다
림이 성냥을 그어 의심에 불을 붙인다. 그는 그녀를 떠날 것이다.
이제 끝이라고 사랑은 끝났다고, 다른 사람을 만났다고, 열아홉
살도 안 된 빌어먹을 수습사원과 사랑에 빠졌다고 말하며 가 버
릴 것이다.

　곧 알게 되겠지. 눈을 보면 알 수 있다. 그의 눈 속에서 반짝이

는 빛을 보게 될까, 아니면 그 반대일까. 밤 10시 그가 문을 두드린다. 그녀는 다른 일을 하느라 못 듣는 척하며 뛰어나가지 않는다. 그가 다시 문을 두드린다. "나가요!" 그녀는 자신도 모르게 20 제곱미터 아파트의 끝에서 크게 외친다. 도브의 눈동자가 새를 앞에 둔 고양이처럼 커진다. 그는 환하게 웃으면서 자신의 혀로 롤라의 혀를 감싸며 키스한다. 그녀의 턱과 코끝이 그의 침으로 범벅이 된다. "보고 싶었어." 그는 그녀의 향수 냄새를 맡으며 귀에 속삭이고 손을 그녀의 엉덩이로 가져간다. 가방은 구석에 던져 버린다. 그녀를 테이블에 올려놓고 몸매가 드러나는 어두운 색 원피스를 들춘다. 빠른 동작으로 팬티를 벗기더니 단단해진 그가 롤라의 몸속에 들어간다.

롤라는 그가 잠들면 그의 소지품을 뒤지고 휴대전화를 조사하고 셔츠 냄새를 맡아 보고 그에게 다른 여자가 없는지, 그녀 말고는 아무도 없는지 확인할 것이다.

일요일

그들은 젊은 남자와 쿠거(cougar, 연하 남성들의 마음을 사로잡고 그들과 사귀기를 원하는 40대 이상의 여성을 일컫는 신조어-옮긴이)들이 수영장이 딸린 집에 틀어박혀 지내는 허접한 TV 프로그램을 물리도록 본다. 출연자들은 독특하며 저마다 한 가지씩 비밀을 간직하고 있다. 헬레네는 실은 남자이고 우르실라는 책을 혐오하고 베르트랑은 유심론자이며, 운이 좋은 아만다는 휴 헤프너(Hugh Hefner, 《플레이보이》 창간인-옮긴이)와 관계를 가진 적이 있다.

롤라는 어쩌다 두 사람이 이런 프로그램이나 보는 신세가 된 걸까 자문한다. 더 이상 서로에게 할 말이 없기 때문일 것이다. 순간 그녀와 아만다가 동시에 동요한다. 순전히 자신의 재능만으로 아만다의 비밀을 밝혀 낸 베르트랑은 기고만장하다. "너 그 늙은이랑 잤지!"

롤라는 소파에서 일어나 가장 높은 하이힐을 신고 가짜 모피를 걸친 뒤 문을 쾅 닫으며 도브를 향해 사납게 내지른다. "더 이상 못 참겠어. 난 떠날 거야!" 그녀는 대형 평면 TV 화면에서 날뛰는 아만다를 내버려 두고 계단을 구르듯 내려간다. 그는 그녀를 잡지 않는다. 이미 수십 번은 그녀를 붙잡았을 것이다. 그녀의 비난, 끝도 없이 과장된 슬픔, 기가 질리는 장광설, 날카로운 고함 소리. 지긋지긋하다. 그럴 때면 그녀의 눈은 검게 변하고 마치 그가 죽기라도 바라는 사람처럼 보인다. 그는 어찌해야 할지, 무슨 말을 해야 할지 모르겠고 말이 통하지도 않는다. 그녀의 광기 앞에서 속수무책이다. 숨이 막힌다. 버릇을 고쳐 놓고야 말겠다!

롤라는 상의 주머니에 담긴 두 남자의 바싹 마른 손톱을 바스러뜨리며 녹초가 될 때까지 걷는다. 휴대전화는 여전히 잠잠하다. 그녀는 생마르탱운하의 그래픽 디자이너 바 맞은편 보도를 걷는다. 물과 보도가 만나는 경계면을 가느다란 하이힐 굽으로 디디며 줄타기하는 곡예사처럼 양팔을 이리저리 흔든다. 휴대전화가 울린다. 그녀가 미소 지으며 전화를 받는다. 잠시 침묵이 흐른 후에 말소리가 들린다. "아버님에 관해 드릴 말씀이 있는데, 상태가 좋지 않더니 결국…… 오늘 아침에 사망하셨습니다." 거짓말 같은 그 말에 그녀는 가슴이 터질 것 같다.

아버지는 강가에서 조약돌을 파헤치며 지렁이를 찾았고, 부녀는 낚시로 모래무지와 피라미를 잡아 튀김을 만들었다. 그는 교문에서 아몬드가 든 크루아상을 들고 기다렸다가 딸의 손을 잡고 길을 건넜다. 아버지는 딸을 데리고 공원과 동물원, 놀이공원 어디든 갔다.

그녀가 사라졌을 때 아버지는 딸을 잃어버린 줄 알고 슈퍼마켓에서 울고 있었다. 그는 딸에게 사탕, 잡동사니, 방 안에 가득 쌓일 만큼의 봉제인형 등 많은 것을 사 주었다. 딸이 엄마를 잊지 않도록 엄마 이야기를 들려주었다. 엄마가 딸을 얼마나 유별나게 사랑했는지, 엄마가 얼마나 예쁘고 재미있는 사람이었는지, 그가 엄마를 얼마나 사랑했는지 일러 주었다.

학교 축제 때는 왕자처럼 입고 나타났다. 딸의 모습을 1초라도 놓치지 않으려고 공연 내내 카메라를 들고 촬영했으며 딸이 올림피아극장의 무대라도 오른 듯 박수를 쳤다. 그녀는 무대에 서서 아버지의 눈에 깃든 자랑스러움과 스치는 슬픔을 읽었다. 그녀의 눈에도 똑같은 슬픔이, 지금도 그리고 영원히 둘뿐일 거라고 외치는 슬픔이 지나갔다.

아버지는 딸의 발치에서 잤다. 딸이 열이 나서 악몽을 꾸었거나 엄마가 보고 싶어 울부짖거나 흐느꼈기 때문이다. 딸의 생일날이면 아파트를 꽃과 색색의 방울로 꾸몄다. 크리스마스에는 커다란 트리 옆에 서서 억지로 미소를 지어 보였다.

그는 딸을 부족함 없이 키우려고 미친 사람처럼 열심히 일했다. 그러다 지치고 병들었다. 힘이 모두 빠져 버리자 슬픔을 이기지 못했다. 그는 술을 마시기 시작했다.

아버지는 TV와 그의 딸이 커 가는 모습을 그저 바라보기만 했다. 술 냄새를 풍기고 바지는 얼룩졌다. 그는 하루 종일 술을 마셨다. 아버지의 입 냄새를 잊을 수가 없다. 딸이 거부했기 때문에 아버지는 더 이상 딸을 만나지 못했고 비참한 상태가 계속되었다.

딸을 만나지 못한 채 11년이 흘렀다.

그는 자신의 죽음을 예감했지만 술을 끊지 못했다. 학교 축제를 담은 영상에서 그의 롤라는 자신이 맡은 역할을 훌륭하게 연기했다. 그가 얼마나 후회하는지, 얼마나 딸을 사랑하는지, 딸에게 꼭 해 줘야 할 그 말을 전부 들려주고 싶었다. 단 한 번만이라도 딸을 가슴에 꼭 끌어안고 머리카락 냄새를 맡으며 마지막으로 머리카락을 만져 보고 싶었다. 그러나 전화를 걸어 봐도 답이 없었다. 매주 전화를 걸었지만 그의 사랑하는 딸은 받지 않았다.

그는 일요일에 죽었다.

롤라는 운하에 빠졌다. 균형을 잃고 찜찔하며 차가운 물속으로 쓰러졌다. 표류하는 그녀를 따라 맥주캔과 비닐봉지가 떠다닌다. 그녀는 소리를 지르지 않는다. 몸이 서서히 오염된 물속으로 빠져든다. 입만 벌리면 진흙이 몸속으로 흘러들어 폐까지 침범할 것이다. 사람들의 비명 소리가 먹먹하게 들린다. 소리와 이미지를 차단하며 사라지고 싶다. 좌초된 배처럼 강바닥까지 가라앉고 싶다. 사람들이 물 밖으로 건져 내자 그녀는 단 한 마디밖에 하지 않는다. "아빠."

누군가 근처의 세련된 바에 가서 수건을 가저온다. 사람들은 그녀의 몸을 문지르며 체온을 올리려고 시도한다. 구급차나 구조대에 누가 연락할지 정하느라 설전이 벌어진다. 그녀에게 사탕과 바나나를 권하고 말을 걸고 이름을 묻는다. 걱정스러운 말투로 그녀의 초점 없는 눈앞에 짧은 문장을 또박또박 발음한다. 그러나 롤라의 대답은 단 한 마디뿐이다. "아빠." 누군가 뺨을 때리자 정신을 차리고 눈물을 흘린다. 수건을 보도에 집어던지고 맨 발로 거리에 나선다. 사람들이 잡으려 하자 냉정하게 말한다. "내 버려 둬요."

몸이 꽁꽁 얼고 물방울이 떨어진다. 그녀에게서 불행과 운하의 물 냄새가 난다. 그녀의 모습은 밖에 들고 나가 잃어버렸다가 어느 날 되찾은, 수년간의 고독과 폭풍우 속에 진흙투성이가 된 인형을 닮았다. 길이 목구멍처럼 좁아진다. 롤라가 몸을 떨자 파리도 그녀와 함께 떤다. 나무들은 뿌리를 땅에서 뽑아내려는 듯 몸을 치켜세운다. 파리가 그녀와 함께 두려워한다. 도시에서는 아무 소리도 나지 않는다. 공허함에 빠진 파리는 아무 소리도 내지 않는다. 파리는 입을 다물고 그녀와 함께 아파한다.

사막을 걷는 목마른 사람처럼 그녀는 걷고 또 걷는다. 뤽상부르공원의 높은 철책을 통해 쓰레기장으로 변해 가는 공원이 보인다. 동상과 잔디밭, 프랑스 상원 의사당, 꽃들이 쓰레기로 뒤덮인다. 분수대에서는 시커먼 물이 솟구친다. 파리는 그녀와 함께 파멸하고 있다. 부랑자가 미친 듯이 쓰레기통을 뒤진다. 그는 새하얀 웨딩드레스를 입었다. 파리는 그녀처럼 비극적이다. 비가 내리기 시작한다. 곧 하늘이 쿵쾅거리더니 우박으로 변한다. 그녀와 함께 울며 피부에 붙은 진흙을 씻어 주는 것이 파리다. 고개를 젖히고 하늘에서 쏟아지는 빗방울을 혀로 받아 마신다.

이제 너 말고는, 네 몸과 너의 온기, 네 아름다움 말고는 아무것도 없다. 그녀는 집으로 가서 샤워를 할 것이다. 뱀처럼 너의 다리를 칭칭 감을 것이다. 네 입술과 어깨, 목에 입을 맞출 것이다. 그리고 두 사람은 계속 사랑할 것이다. 영원히.

그녀가 아파트에 들어선다. 너와 너의 애무가 그립다. 문틈으로 네가 자는 모습이 보인다. 네 눈가에 약간의 근심이 보인다. 그런데 네가 코를 골기 시작한다. 지축을 울리는 요란한 소리다. 너의 파란 침대 시트에 둘러싸인 건 그녀의 아버지, 죽은 아버지다. 그녀는 그 소리를 참을 수가 없다. 끔찍한 소리다. 그녀는 거실의 티크 원목 테이블에 손을 얹고 깊이 호흡한다. 그를 다시 보아도 그녀의 눈에는 오래된 빛바랜 이미지만 들어온다.

그녀는 사진이 변색되고 마침내 색깔이 완전히 사라질 때까지 손 놓고 기다리지 않을 것이다. 온몸에 두려움이 엄습한다. 다시는 그 말을 듣지 않을 것이다. 어느 날 다른 남자가 그녀의 얼굴이 던진, 파괴자가 던지는 최후의 말을. "나는 떠나. 더 이상 견딜 수 없어." 차라리 네가 이 자리에서 바로 죽어 미친 약속의 희생자가 되는 편이 나을 것 같다. 그녀는 몸이 경직되어 무덤 속에 누운 너를 기릴 테고 너는 다시 왕자, 영주, 왕이 되는 것이다.

그녀는 손가락 사이로 새어 나오려는 비명을 억누른다. 디자이너 제품인 검은 칼꽂이를 뒤적거려 날이 가장 긴 칼을 찾는다. 산도쿠를 손에 쥐고 그에게 다가간다. 너의 피부, 상체, 목덜미, 얼굴을 뜯어본다. 너에게 미소를 지어 보인다. 한없이 다정한 웃음이다. 자르댕 바의 첫 만남과 칵테일 바, 샤틀레의 다리, 비행기, 그리스의 바람 속에서, 파리의 거의 모든 곳에서 함께 한 너의 모습을 회상한다. 그녀의 귀에 입을 꼭 붙이고, 머리카락에 얼굴을 묻고, 함께 샤워를 하면서, 거리를 걸으며, 어둠 속에서, 놀이공원의 회전목마를 타며, 햇볕 아래서나 비가 올 때나 사랑해, 라고 속삭이던 너를 생각한다. 네 모습이 눈에 선하다.

손에서 칼을 놓는다. 그의 심장에서 천천히 피가 흐른다. 그녀는 너를 다시 죽였다. 너를 적어도 열 번쯤은 죽였을 것이다. 목을 매달고, 목을 조르고, 독을 먹였다. 말이 너무 많아서, 멍한 시선 때문에, 상스럽게 행동한다는 이유로 총을 쏘았다. 그러나 심장은 다르다. 심장에 칼을 꽂는 것은 최후의 일격이다. 심장에 칼을 꽂으면, 그녀는 너에게서 벗어날 수 있다.

한 시간 후

그녀가 독한 담배에 불을 붙인다. 파리의 거리를 걷는다. 그녀의 구두굽이 아스팔트 보도를 때린다. 그녀는 빨간 원피스에 망사 스타킹을 신고 눈에는 아이라인을 진하게 그렸다. 입술은 원래의 입술선보다 크게 그렸고 오늘 저녁 그녀는 어디로 갈지, 무엇을 해야 할지, 몇 시에 집으로 돌아올지 모른다.

역자 후기

"밤이 오기를 기다리느라 몸에 녹이 슬 것 같다. …… 그녀는 어둠 속에서 짝짓기를 하고 인공 조명 주위를 미친 듯이 맴도는 나방 같다."-본문에서

30대 파리지엔 롤라의 삶은 절망의 반복이다. 일요일, 금요일, 토요일 그리고 또 일요일……. 스무 살 일요일에 첫사랑 '너'는 롤라를 떠났다. '너'는 이별을 선언함으로써 롤라를 허공으로 떠밀었고 그날 롤라는 죽었다. 여덟 살 일요일에는 더 소중한 것을 잃었다. 빵과 우유를 사 오겠다며 장바구니를 들고 집을 나선 엄마가 돌아오지 않았다. 엄마는 자동차에 치여 죽었고, 어린 딸의 결핍을 채워 주려 애쓰던 아버지는 술주정뱅이가 되어 버렸다.

일요일이 다가올수록 롤라의 머리는 '못살게 구는 성가신 기억'으로 시끄럽고 가슴은 공허해진다. 낮에는 '머리를 가릴 지붕을 갖기 위해' 무미건조한 직장에 몸과 뇌를 코마 상태로 붙들어 놓지만, 금요일과 토요일 밤이면 위장에 가까운 짙은 화장을 하고 아슬아슬한 미니스커트를 입고 하이힐을 신고 남자를 사냥하러 나선다. 포식자인 그녀는 먹잇감을 손에 넣으면 전리품으로

남자의 손톱을 잘라 유리병에 보관한다. 섹스는 망각이고 작은 죽음인 오르가슴은 치유제다.

"그녀의 첫 소설에는 격렬한 고통과 대담한 문학적 시도가 있다. 무료한 일상을 거칠게 다듬은 날것의 언어가 있다."-《프랑스 앵포(France Info)》

저자 줄리 에스테브는 현대인의 애정 결핍과 성적 황폐함을 탁월하게 그려 냈다. 생선 냄새를 풍기는 육중한 마뉘와의 축구 게임 테이블 섹스, 여드름투성이 구두장이 보주와의 지하실 섹스는 난폭하고 생생해 역겹기까지 하다. 롤라가 리카를 잔뜩 마시고 망사 스타킹 차림으로 팡탱의 밤거리를 걸을 때면 속이 울렁거리고 으슬으슬 추웠다. 옮기는 내내 거칠고 위태로운 그녀의 삶 때문에 불안하고 가슴이 아팠다.

독자들도 롤라를 따라 어둠이 내린 파리 곳곳을 휘청거리며 걸어 다닐 것이다. 몽수리공원과 센강, 미라보다리, 시테섬, 콩시에르주리, 뤽상부르공원, 튈르리정원 그리고 파리 교외 팡탱의 선술집과 타데우스 로팍 컨템퍼러리 아트 갤러리, 생제르맹앙레의 옛날 유원지 같은 놀이공원까지. 작가는 "파리의 아름다움이 그녀를 아프게 한다."라고 했다. 상처 입은 외로운 사람에게 도시의 아름다움은 아프게 느껴지기도 한다. 더구나 파리는 관광객들의 SNS 사진처럼 아름다운 곳만 있는 게 아니다. 지저분한 지하철,

우범 지역, 관광객에게 꽃을 파는 남자, 적포도주를 발치에 두고 잠든 부랑자 등 "파리는 지독하게 외로운 사람들을 집어삼켰다가 경고장처럼 거리에 다시 토해 놓는다."

파리와 서울의 거리가 그리 멀게 느껴지지 않는다. 파리처럼 서울에도 초라한 원룸과 고급 아파트가, 크리스마스 선물을 사는 가족과 추위에 떠는 부랑자가 가까이 공존한다. 금요일, 토요일, 일요일……. 삶은 반복되고 애써 멀리 도망쳐 봐도 가장 평화로운 순간, 꼬리박각시 나방 떼가 요란한 날갯짓을 하며 다시 나타난다. 보호하고 위로해 줄 엄마의 품은 없다. 그래서 현대인은 저마다 상처 입은 어린아이의 가슴으로 롤라처럼 밤거리를 휘청거리며 비참한 상황을 위로해 줄 치료제를 찾는지도 모른다. 술이든 섹스든.

이해연

꼬리박각시

초판 1쇄 발행 | 2019년 4월 15일

글 | 줄리 에스테브
옮긴이 | 이해연
발행인 | 김정희
편집 | 이정현
마케팅 | 김선범
교정 | 노경수
디자인 | 이정현
인쇄 | 공간

펴낸곳 | 도서출판 잔
출판등록 | 2017년 3월 22일 · 제2017-000113호
주소 | 06101 서울시 강남구 학동로44길 49
전화 | 02-3443-0334 · 팩스 | 0507-0316-8055
전자우편 | zhanpublishing@gmail.com
홈페이지 | www.zhanpublishing.com

ISBN 979-11-965176-5-6 03860

일러스트 ⓒ 이고은

이 도서의 국립중앙도서관 출판예정도서목록(CIP)은 서지정보유통시스템 홈페이지
(http://seoji.nl.go.kr)와 국가자료공동목록시스템(http://www.nl.go.kr/kolisnet)에서
이용하실 수 있습니다(CIP제어번호: CIP2019012036).